Zöpfls heiteres Geschichtenbuch

Helmut Zöpfl

Zöpfls heiteres Geschichtenbuch

rosenheimer

Titelbild: Sebastian Schrank, München
Satzarbeiten: Buch-Werkstatt GmbH, Bad Aibling
Druck und Bindung: Ebner Ulm

ISBN 3-475-52852-5

Inhalt

Versteckte Kamera

„Also ich weiß gar net, wo des alles no hinführn soll“, raunzte Alfons Igerl in seiner Stammtischrunde im Volkarteck. „Habts ihr gestern wieder die Sendung gsehn: ‚Einspruch‘? Da woaß ma ja nimmer, was ma sagn soll.“

Es entspann sich die übliche Debatte über das Fernsehen, das immer schlechter würde. „Also, wennsd’ mi fragst, aber mi fragt ja koaner“, meinte der Scherm Ade, „brauch ma uns nimmer wundern, daß’ auf dera Welt so zuageht. Hast des glesen, was in unsere Schulen mit Gewalt los is?“

„Wundert euch des, wenns’ im Fernsehen bloß aufeinander einschlagn und losprügeln?“ entgegnete der Pfanzelt Maxe. „I hab’ aber vor einiger Zeit glesen, daß ein Institut festgestellt hat, daß sich Gewalt im Fernsehen überhaupt nicht negativ auf die Kinder auswirkt.“

„Ja, aber hast des aa glesen“, konterte Alfons Igerl, „daß desselbe Institut vor kurzer Zeit festgestellt hat, daß Gewalt im Fernsehen sehr schädlich ist? Alles streng wissenschaftlich, versteht sich natürlich. Desmal werd halt ein anderer die Untersuchung zahlt habn, und ihr wißts ja, wes Brot ich ess’, des Lied ich sing’.“

„Wissenschaft hin, Wissenschaft her“, mischte sich der Eisenberg Schorsch ein, „was soll aus Kindern werden, die ständig solche Vorbilder sehn? Da müssens’ in der Schul’ lernen, daß man den anderen ausredn laßt, daß ma eahm net ins Wort fallt, daß ma se versöhnen soll und so weiter. Dann schauts euch die Talkshows im

Fernsehen an, wo a jeder bloß oans im Sinn hat, daß er den anderen niedermacht und net zu Wort komma laßt. Und die Politiker genga ja aa mit gutm Beispiel voran, siehe Bundestagsdebatten."

„Apropos Gewalt", meldete sich jetzt wieder der Scherm Ade zu Wort, „ich hab' das letzte Mal auf zwoa Enkel vo mir aufpassn müssn, und die wollten in aller Früah scho Zeichentrickfilme im Fernsehen oschaun. Notgedrungenerweis' hab' i mir den Schmarrn dann aa oschaun müssen. Ich hab' gmoant, i spinn'. Früahra hab' i immer glaubt, Zeichentrickfilme san was für Kinder. Inzwischen hab' i festgstellt, daß ein harter Italowestern fast a Betthupferlsendung is gega des, was in dene Zeichentrickfilme 'zeigt wird. Da gengas ja nur mehr aufeinand los und probiern, daß sie sich gegenseitig irgendwie hinterfotzig aufs Kreuz legn oder sich glei umbringan. Aber des Schlimmste ist, da lauft koa Tropfa Bluat raus, die Gewalt schaugt no dazua lustig aus. Der oane haut dem andern d'Nasn ein, daß' eahm am Hinterkopf wieder rauskommt, und na macht's flutsch, und auf amal is' wieder ganz normal. Die schmeißn se von wo abe, walzn se platt, zerstückeln sich, und nach kurzer Zeit sans' wieder frisch und lebendig, die Viecher oder was des aa immer ist, was da im Fernsehen rumhupft. Und die Sprach' von dene, da wundert oan aa net, daß des Sprachverhalten von unsere Kinder allerweil schlimmer wird. I woaß scho, wo des herkommt, wenns' mi fragn daadn, aber mi fragt ja koaner."

„Ja", lachte der Alfons Igerl, „auf der oana Seitn san manche Eltern drauf aus, daß ihre Kinder ja net bayrisch redn, damit sie se ihre Chancen auf gute Noten

net verderbn, aber da habns' dann nix dagegn, wenn ihre Kinder bloß no ‚umpf, poing, poing' und ‚krächz, krächz' sagn könna."
Jetzt war die Runde richtig aufgeladen, und jeder bemühte sich, seine negativen Anmerkungen zum Fernsehen an den Mann zu bringen. Dem Pfanzelt Maxe blieb es vorbehalten, wieder eine positivere Wendung des Gespräches zu erreichen: „Also ihr könnts sagn, was' wollts, es gibt auch noch a paar nette Sendungen. Da is zum Beispui a Sendung, über die kannt i mi ständig kaputtlacha, ihr kennts es sicher, ‚Die versteckte Kamera'. Habts des letzts Mal gsehn, wia die Leut' dene wieder drauf reigfalln sind? Des Schönste war ja des mit dem Briefkasten, der wo plötzlich gredt hat. Ha, ha, ha."
„Also, mir hat des andere besser gfalln, wo die Grenzbeamten plötzlich die Sachan aus dem oana sein Koffer rauszogn habn", meinte der Eisenberg Schorsch.
„Aber no viel lustiger", meinte der Scherm Ade, „war doch die Gschicht', wo die auf den Berg 'naufgstiegn san. Und nachher is plötzlich am Gipfel drobn a Würschtlbude gstandn. Wia die des no macha?"
So erzählte jeder seine lustigsten Versteckte-Kamera-Eindrücke. „Da siehgt ma amal", resümierte der Alfons Igerl, „daß d'Leut' halt auf an jedn Schmarrn drauf reifalln. Mir persönlich is des a Rätsel, daß die net glei spanna, was da gspuit werd."
„Geh", lachte der Pfanzelt Maxe, „dua doch net so gescheit. Du daadsd wahrscheinlich genauso reifalln."
„Ich?" meinte der Alfons Igerl leicht empört. „Mi legt so leicht koana rei."
„Ha, ha, ha", konterte der Pfanzelt Maxe, „und was

war dann am letzten ersten April, wenn i dran erinnern derf? Wer is'n in der Früh scho mit Schaufel und Pikkel in seim Heimgarten gwesen und hat aa paar Stund lang grabn, weil ma aus Jux im Sendlinger Anzeiger inseriert habn, daß im Gebiet von der ‚Flora' Funde von keltischem Goldschmuck gmacht worn san?"
„Du mußt redn", grantelte Alfons Igerl zurück, „du warst als Bua doch im April unser bevorzugtes Opfer. Di ham ma doch jeds Jahr allweil wieder um a Ibidumm in d'Apothekn gschickt, ohne daß d' des gspannt hast."
Bevor das Gespräch aber bedrohliche Ausmaße einer Feuerstuhldiskussion annahm, schlichtete da der Scherm Ade, indem er die beiden Streithähne auf das bevorstehende Bundesligaspiel aufmerksam machte. Und bald hatten sie sich in der Prognose über dieses Spiel wieder etwas beruhigt. Zum Abschluß des Abends erzählte dann der Pfanzelt Maxe noch einen Witz apropos versteckter Kamera: „Der Fabrikdirektor will beweisen, daß ihn seine Frau mit einem jungen Angestellten betrügt. Er baut in seinem Schlafzimmer eine versteckte Kamera ein, die sich am Abend automatisch ein- und ausschaltet, und geht dann auf Geschäftsreise. Nach der Rückkehr läßt er die ganzen Fotos entwickeln, die zeigen dann auch einiges. Voller Wut läßt der Fabrikdirektor seinen Angestellten kommen und zeigt ihm die eindeutigen Bilder von ihm und seiner Frau. Dann schreit er ihn an: ‚Da, schaun Sie sich das einmal an. Haben Sie dazu noch etwas zu sagen, bevor ich Sie rausschmeiße?' Da meint der Angestellte: ‚Ja, bitte schön, ich möchte von jedem drei Abzüge.'"
„Ha, ha, ha", lachte der Alfons Igerl, „ihr könnts von

der versteckten Kamera sagn und haltn, was' wollts, mich legatn die nie rein, da mach' ich jede Wett', jede Wett', des sag' i euch."

Am Tag darauf hatte dann der Alfons Igerl in der Fußgängerzone zu tun. Im Auftrag seiner Stammtischspezln sollte er für den 70. Geburtstag vom Scherm Ade etwas besorgen. Einen Hunderter hatten sie ihm aus der Stammtischkasse dafür mitgegeben. Leider aber nicht einen genauen Geschenkvorschlag. „Du werst scho des Richtige finden", hatten sie ihm zugeflüstert, „du kennst den Ade ja. Du bist ja scho mit eahm in d'Schul' ganga."
Das war natürlich ein recht bescheidener Tip, denn in der Schulzeit war der Ade Experte für Laubfrösche gewesen und hatte sich immer ein paar Exemplare gehalten. Aber wo sollte er heute noch einen Laubfrosch auftreiben? Damals war die Schmalzl Mausi immer gern zum Scherm Ade gegangen, in der Hoffnung, daß einer der Frösche sich, wenn sie ihn besonders lieb ansah, vielleicht doch als Prinz entpuppen könnte, entsprechend dem Märchen vom Froschkönig. „Ja mei, so is der Lauf der Zeiten", überlegte sich der Alfons schmunzelnd. „Inzwischen is' so, daß ma allenthalben Könige habn, an ‚Jodlerkönig', an ‚König der Berge', an ‚Torschützenkönig', aber koane Frösch' mehr, da daad fast not, ma fangat se oan von dene König' ein und wartat, bis der zum Laubfrosch werd."
Vielleicht sollte er dem Ade aber auch ein schönes Buch besorgen. Da fiel ihm dem Pfanzelt Maxe sein Spezialwitz ein. Der pflegte immer zu sagen: „A Buch? Da brauchst eahm koans besorgn, der hat doch scho

oans. I hab's 's letzte Mal bei eahm gsehng. Na ja, aber heut geht ja der Trend zum Zweitbuch hin."
Aber so sehr der Alfons auch überlegte, er wußte nicht, mit welcher Art von Büchern man dem Scherm Ade eine Freude machen konnte. Beraten lassen solle er sich doch zumindestens, überlegte sich der Alfons und lenkte seine Schritte hin zur Residenz-Buchhandlung, wo er bisher immer noch von der Frau Richter gut versorgt worden war.
In der Auslage sah er auch schon ein prächtiges Buch mit dem Titel: „Wir Bayern. Von der rechten bayerischen Lebensart. Wie man richtig bayerisch lebt." Igerl betrat die Residenzbuchhandlung und fragte die Frau Richter, ob er sich den Band näher anschauen könne.
„Freilich", meinte die, „es ist sogar ein Sonderangebot, es hat vorher DM 148,90 gekostet, und wir haben's jetzt auf DM 78,90 reduziert".
„Warum, is' ebba net ganga?" wollte Igerl schüchtern wissen.
„Doch, eigentlich schon", erwiderte die Frau Richter zögernd, „aber wir haben da a paar Reklamationen ghabt, wissenS'. Ich sag's Ihnen ganz ehrlich, der Verfasser ist doch ein Spezialist für Bayerische Literatur, ein gewisser Kai-Uwe Wuttke, und er scheint ein paar Dinge nicht gewußt zu haben. Zum Beispiel hat er bei seinem Kapitel ‚Sprachkurs' das mit dem ‚ei' und dem ‚oa' durcheinandergebracht. Sie wissen doch, Herr Igerl, daß des ‚ei' im Bayerischen manchmal zum ‚oa' wird, aber net immer, und der Wuttke hat gschriebn, daß wir in Bayern zum Beispiel statt Weißwurscht Woaßwurscht sagn, statt Beileid Boaload und statt Eiswein Oaswoan. Und des hat er aa obligatorisch ge-

macht, daß bei uns a jeds ‚u' zu am ‚ua' wird. Es stimmt ja bei ‚Ruah' oder ‚Schuah' oder ‚Kuah', aber der Kai-Uwe hat gschriebn, daß des eben für alle ‚u' gilt. Und so werd bei ihm der Hund zum Huand und der Guglhupf zum Guaglhuapf." Der Alfons verzichtete auf das Buch, denn das wäre natürlich auch nicht das richtige Geburtstagsgeschenk für den Scherm Ade gewesen.
Schließlich aber wurde er doch fündig, denn er entdeckte die wunderschöne Sigi-Sommer-Trilogie „Das gab's nur einmal", „Das kommt nie wieder" und „Das ist zu schön, um wahr zu sein." Die Frau Richter hatte für ihn als alten Stammkunden sogar noch eine besondere Rarität, ein handsigniertes Exemplar dieses großartigen Münchner Literaten. Stolz packte der Alfons Igerl seine Errungenschaften, in der sicheren Gewißheit, nun ein herrliches Geburtstagsgeschenk für den Scherm Ade gefunden zu haben, in seine Mappe ein und verabschiedete sich.
Frohgemut machte er noch einen kleinen Spaziergang durch die Münchner Fußgängerzone, und als er ein leises Knurren seines Magens vernahm, entschloß er sich, noch schnell eine Kleinigkeit zu schnabulieren. Sein Blick fiel auf ein gerade neu eröffnetes Lokal. Ja, war das eigentlich ein Lokal? Offensichtlich eine Schnellgaststätte, ein Fast-food-Restaurant, wie das heute so schön heißt. Mein Gott, überlegte der Alfons, es ist heute schon ein rechtes Kreuz, daß es uns halt immer mehr pressiert. Immer mehr Schnellgaststätten werden aufgemacht, und ein ganz hoher Prozentsatz aller Besucher der Innenstadt, so hatte er neulich in einem Kommentar des Hofbräuhausdirektors Albert Riedl gelesen, nimmt seine Mahlzeiten nur mehr im Stehen

oder gar beim Gehen ein. Ja mei, so überlegte er weiter: Schnell auf d'Welt kemma, schnell lesen und schreiben glernt, schnell in d'Schul' ganga, schnell 's Abitur gmacht, Schnellkurse gmacht, schnell verheirat' gwen, zwischendurch schnell in Urlaub gfahrn, schnell Karriere gmacht, schnelle Verschleißerscheinungen ghabt, schnell gstorbn und schnell vergessen gwen.
Da aber Alfons Igerl doch immer irgendwie für das Moderne aufgeschlossen war, ging er kurzentschlossen in das neue Lokal. Überrascht stellte er fest, daß sich die Ausstatter desselben einiges hatten einfallen lassen und daß sich dieser Ort wohltuend von den anderen Schnellabspeisestätten unterschied. Der Alfons suchte sich einen freien Platz, legte seine Mappe mit dem gerade erstandenen Geburtstagsgeschenk auf einen leeren Stuhl, besorgte sich ein Speisebrett und begab sich zur Essensauswahl. Was es da alles gab, vor allem welche Kombinationsmöglichkeiten! Den Alfons „gangelten" aber am meisten die Pichelsteiner an. So verlangte er davon eine Portion. Wohlwollend quittierte er, daß man ihm einige Riesenschöpfer davon in die Schüssel tat. Er zahlte und trug diese an seinen Platz. Herrschaftsseiten, durchfuhr es ihn, jetzt hab' ich doch glatt vergessen, daß ich mir noch ein Bier dazu bestell'. Ach, was heißt bestellen, ich muß natürlich noch eines holen. Er ließ die Schüssel stehen und sich noch eine Halbe Münchner-Kindl-Weiße einschenken, zahlte wiederum und begab sich gutgelaunt an seinen Platz zurück.
Ja, aber was war denn das! Er glaubte, seinen Augen nicht zu trauen. Da saß doch ein gutgekleideter Chinese oder Japaner, so genau konnte es der Alfons nicht unterscheiden, vor seiner, Igerls, Schüssel und

löffelte genüßlich daraus. Der Alfons war sprachlos, und seine Zornesader schwoll sichtlich an. Gerade wollte er mit einem „Sie, Herr Nachbar, wie hammas denn“ auf den ungebetenen Gast zugehen, da durchfuhr ihn eine blitzartige Erkenntnis. Er schaute sich ein wenig in dem Lokal um und entdeckte in der Nähe seines Platzes eine Art Spanische Wand. Aha, dachte er, keine Frage, *Versteckte Kamera*. Da war sie nun also tatsächlich. Gestern hatten sie noch davon geredet. Igerl schaltete blitzschnell. In erster Linie, überlegte er, heißt das, gute Miene zum bösen Spiel machen. So holte er sich an der Theke einen Löffel, ging an seinen Platz zurück, lächelte den „Mitesser“ aus dem Fernen Osten freundlich an, setzte sich ihm gegenüber und begann nun, nachdem er ihm „Guten Appetit, Herr Nachbar“ zugerufen hatte, ebenfalls aus dem Topf zu löffeln. Der Chinese, oder vielleicht war's auch ein Koreaner, nickte freundlich und setzte seine Mahlzeit fort. Das Pichelsteiner schmeckte ausgezeichnet, und der Alfons tat hin und wieder einen verstohlenen Blick in Richtung Spanische Wand, indem er sich bemühte, derselben seine Schokoladenseite zuzuwenden. Desmal, dachte er sich, drah ma an Spieß um. Die wern schaun, wenns' jetzt glei auf mi zugehn und i sag': „Grüß Gott, Herr Felix von der Versteckten Kamera. Igerl ist mein Name, habe mich sehr gefreut, bei dem netten Spiel mitmachen zu dürfen. Wissen Sie“, würde er sagen, „mir ist gerade aufgefallen, daß wir Bayern eben schon immer multikulturell aufgewachsen sind, denn meine Großmutter, die von Bauern abstammt, hat mir immer erzählt, daß es am Hof üblich war, gemeinsam aus einer großen Schüssel zu essen.“ Die würden vielleicht schauen. Der Alfons sah sich bereits als Ehrengast in der Fernsehsendung „Versteckte Kamera". Vielleicht bekam er dann sogar einen Preis, möglicherweise eine Fernostreise nach Peking oder Tokio. Genüßlich malte er sich die neidischen Blicke seiner Stammtischspezln bei diesem Fernsehanblick aus. Den letzten Bissen überließ er natürlich höflich dem freundlichen Herrn und fügte noch ein „EssenS' no, Herr Nachbar, essenS' no, mia in Bayern wissen schließlich, was sich ghört" hinzu. Der nickte wiederum freundlich, schob den letzten Bissen in den Mund, wischte sich diesen dann mit der Papierserviette ab, stand schließlich auf, nickte wiederum dreimal mit dem Kopf, murmelte etwas Freundliches, was aber der Alfons nicht verstand, und verließ das Lokal. Igerl schaute wieder in Richtung Spanische Wand. Jetzt müßte also der Felix oder der Philipp, oder wie diese Leute auch immer hießen, gleich hervorkommen. Aber es rührte sich noch immer nichts. Der Alfons trank den letzten Schluck von seinem Weißbier und überlegte: Wahrscheinlich muß ich jetzt hinausgehen, dann werdens' gleich kommen. Er wollte nach seiner Mappe greifen, aber wo war denn die? Erschrocken schaute er auf den Stuhl, da lag sie nicht. Unter dem Tisch, da war sie auch nicht. Sollte dieser Chinese ihm seine schöne schweinslederne Mappe, die er von seiner Schwester zum letzten Runden bekommen hatte …? Wieder durchfuhr ihn eine Erkenntnis: Nein, das war jetzt der letzte Akt dieses versteckten Kameraspiels! Die wollten doch nur sehen, wie er darauf reagieren würde. Igerl stand heiter gelassen auf, warf noch einmal einen Blick auf die Spanische Wand und lächelte freundlich in die vermutete Kamerahöhe. Dann begab er sich zum Ausgang. Dabei fiel sein Blick auf einen freien Tisch. Ja, was war denn das? Da lag doch auf dem Stuhl davor seine Mappe, und auf dem Tisch stand unberührt eine ganze Schüssel Pichelsteiner. „Ja, da ...“ Alfons Igerl murmelte das Götz-von-Berlichingen-Zitat, das ja bekanntlich eine große Variable bei Gefühlsäußerungen darstellt und, wie in diesem Fall, Ausdruck höchster, ungläubiger Überraschung sein kann. „Ja, mi hast halbert“, fügte er hinzu, langte sich an den Kopf und rief noch halblaut: „Mei, bin ich ein Rindviech!“ Nichts war es also mit einem Auftritt in der Versteckte-Kamera-Sendung, und schon gleich gar mit einer Reise in den Fernen Osten. Aber vielleicht sollte er doch einmal auf eigene Kosten ins Land der Mitte reisen. Denn der Alfons Igerl ist seit jenem Tag davon überzeugt und betont es auch bei jeder Gelegenheit, daß die Chinesen ausgesucht nette und freundliche Menschen sind.

Das Fitneßprogramm

„Habe die Ehre“, begrüßte der Pfanzelt Maxe seine Stammtischrunde im Volkarteck. „Habe die Ehre. Tut mir leid, daß ich heute ein bisserl spät dran bin, aber ich habe einen Besuch gekriegt. Darf ich vorstellen, das ist der Herr Almstetter. Ein guter Bekannter von früher. Habt ihr was dagegen, wenn er sich ein wenig zu uns hersetzt? Ausnahmsweise!“
Der Maxe wußte schon, warum er dieses „Ausnahmsweise“ sagte, denn es war ein ungeschriebenes Gesetz, daß man zum Stammtisch eigentlich niemanden mitnimmt. Entsprechend skeptisch musterte dann auch die Runde den Begleiter des Pfanzelt Maxe. Er war ein kleines Männlein, das aber einen recht drahtigen Eindruck machte und vor allem durch sein sonnengebräuntes Gesicht und die schwarzen Haare auffiel.
„Also, darf er sich hersetzen, der Herr Almstetter?“ fragte der Pfanzelt Maxe noch einmal nach, und ohne den Bescheid seiner Spezln abzuwarten, forderte er sein Mitbringsel auf: „Also, geh, setz dich her, Roger. Gehst am besten gleich einmal zum Igerl Alfons. Geh weiter, Alfons, ruck a weng.“
Dieser tat, wie ihm geheißen, und der Roger setzte sich mit einer stummen Verbeugung zur Stammtischrunde. Er saß noch keine fünf Sekunden, da fragte der Pfanzelt Maxe ganz unvermittelt seine Spezln: „Wie alt schätzt ihr den jetzt?“
Diese blickten erstaunt auf und musterten den Roger.
„Also“, wiederholte er seine Aufforderung, „wie alt schätzt ihr denn den Roger? Wenigstens ungefähr.“

Als aber als einzige Antwort ein leichtes Schulterzucken zu sehen und ein gemurmeltes „Mei“ zu hören war, schaute er noch einmal fragend in die Runde und sagte mit erhobener Stimme: „Also, ich will euch nicht länger auf die Folter spannen, draufkommen werdet ihr ja sowieso nicht. Schaut ihn euch noch einmal gut an. Und jetzt sage ich es euch: Einundsiebzig Jahre ist er, der Roger, gell, Roger.“ Der Roger nickte stumm.
„Einundsiebzig“, wiederholte der Pfanzelt Maxe, „was sagts jetzt?“
Der Maxe hätte eigentlich seine Spezln gut genug kennen müssen, um zu wissen, daß nicht zu erwarten war, selbige würden unter erstaunten Rufen von ihren Sitzen aufspringen. Aber er war doch etwas indigniert über deren vornehme Zurückhaltung. Ihre Überraschung tat sich höchstens in einem leichten Hinaufziehen der Augenbrauen und in einem kaum vernehmbaren „Ah, geh“ kund.
Leicht ungehalten schaute er in die Runde, fixierte jeden einzelnen einen Augenblick und sagte dann: „Hörts einmal, Kameraden, habt ihr euch eigentlich schon einmal im Spiegel angschaut? Jawohl, im Spiegel. So, und wenn ihr euch an den Anblick erinnern könnt, von eurem eigenen Konterfei, dann vergleicht es doch einmal in aller Ruhe mit dem vom Roger.“ Er machte eine kleine Besinnungspause. „Ist euch etwas aufgefallen? Alle miteinander seids noch jünger, soweit ich weiß, zumindest ein paar Jahr’. Aber schauts euch doch einmal gegenseitig an, zumindest, was eure Köpfe anbelangt. Alfons, Schorsch, Ade, Karli, schauts euch an. Und jetzt noch einmal den Roger. Fällt euch endlich was auf? Kein einziges ergrautes Haar! Wenn ich

mir da eure grauen Köpfe anschaue. Dich nehme ich da natürlich aus", meinte er etwas spöttisch zum Schorsch, „weil du hast ja weniger Haare wia a Tischtennisball, und da kann mangels Masse ja auch nichts mehr grau werden. Der Alfons mit seinen paar Haaren wird dem Friseur ja auch bald mehr Geld für den Finderlohn als fürs Haareschneiden zahlen müssen."

Jetzt langte es aber offensichtlich den Stammtischlern.

„Ja, eahm schaug an", meinte der Schorsch, „ja, sag einmal, hast du eigentlich einen Spiegel daheim oder bist du so farbenblind, daß du glaubst, dei Salz- und Pfefferschnauzel Nelly waar blond – ich könnt' natürlich auch ein größeres Tier erwähnen –, daß du dich nicht mehr an die Beschaffenheit deiner Haare erinnern kannst. Ha, ha, ha."

„Du, gell", entgegnete der Pfanzelt Maxe, der grundsätzlich so leicht nichts übelnahm. „Aber ich gebe ja ganz gerne zu, daß mein Haarschmuck inzwischen auch etwas grau meliert ist."

„Schon mehr grau als meliert", spottete der Schorsch dazwischen.

„Guat, damitst a Ruah gibst, aber um des geht's ja nicht. Ich wollte euch ja lediglich noch einmal verdeutlichen, daß der Roger für mich ein Phänomen ist, jawohl, ein echtes Phänomen. Einundsiebzig Jahr' und noch nicht ein einziges graues Haar. Reimt sich fast. Hast du gehört, Alfons", meinte er zu dem Gelegenheitsdichter. „Helga, eine dunkle Weiße", bestellte er, als sich in diesem Augenblick die Bedienung nach seinem Trinkwunsch erkundigte. „Eine dunkle Weiße für mich, und für eahm, da bringst du ein Wasser, ein *water*, gell, Roger?" fragte er, sich zu diesem hinwendend. „Jeggerl, oh mei", erinnerte er sich plötzlich. „Ich habe euch ja noch gar nicht gesagt, daß der Roger aus Kanada stammt. Seine früheren Vorfahren waren einmal Deutsche, daher auch der Name Almstetter. Oder Olmstetter, wie man auf kanadisch sagt. Ja, ja, Kanadier ist er, der Roger. Deswegen habe ich ja auch ein wenig Verständnisschwierigkeiten mit ihm, obwohl ich ja noch ganz gut Englisch kann, von der Jenny her, die jetzt bei dem jungen Ehepaar neben uns als Au-pair-Mädchen arbeitet. Ein hübsches Mädchen im übrigen, aber halt noch ein bisserl jung, ha, ha, ha. Also, wie gesagt, mit meinem Englisch geht es ja noch ganz gut, aber der Roger spricht nun einmal ein unsauberes Englisch mit einem typisch kanadischen Akzent, gell, Roger? Nichts für ungut, aber jetzt wäre ich beinahe von meinem Thema abgekommen. Ihr braucht selbstverständlich net meinen, daß es mit den Haaren vom Roger so eine Art Geschenk des Himmels ist. Ich sag' euch eins: Es kommt nicht von ungefähr. Da steckt mehr dahinter. Der Roger hat da nämlich seine eigene Methode entwickelt. Davon bin ich überzeugt. Habt ihr beispielsweise schon gesehen, daß er absolut kein Bier trinkt? Im übrigen überhaupt keinen Alkohol. Seit er da ist, nur Wasser. Selterswasser oder sogar Leitungswasser. Da brauchst du gar nicht ‚Brrh' machen, Alfons", tadelte er den aufgeschreckt schauenden Igerl. „Irgendwie komme ich ihm schon drauf, wie er es macht, daß er noch gar so schöne Haare hat. Er selbst rückt ja nichts raus. Aber wenn ich ihn danach frag', dann grinst er lediglich a bisserl vor sich hin. Aber ich pass' ganz genau auf, was er tut und was er trinkt und ißt, denn irgendwas muß es ja auf sich haben damit."

Der Roger reiste nach acht Tagen wieder ab, und als der Pfanzelt Maxe wieder am Stammtisch erschien, fragte ihn Alfons Igerl: „Na, hast du's jetzt rausgebracht?"
Der Maxe tat etwas geheimnisvoll. „Direkt rauskriegt hab' ich es nicht, aber ich habe es mir alles fein säuberlich notiert, was und wie er etwas gemacht hat. Praktisch den ganzen Tagesablauf vom Almstetter Roger habe ich notiert."
Am nächsten Tag wachte Alfons Igerl durch ein schrilles, langgezogenes Läuten um sieben Uhr in der Früh auf. Verschlafen schaute er aus dem Fenster und sah zu seinem Erstaunen den Pfanzelt Maxe, der mit einem gelben Trainingsanzug angetan war, einen lila Schal um den Hals hatte und leicht auf der Stelle trabte.
„Ja, spinnst du jetzt total?" fragte Alfons den atemlosen Frühsportler. „Du schnaufst ja wie eine alte Dampflok", fügte er noch hinzu.
„Da würdst du auch schnaufen", japste der, „wenn du in aller Herrgottsfrüh schon fünfmal um dem Block gerannt wärst."
„Fünfmal um den Block rum?" fragte Igerl ungläubig. „Ja, und wer hat dir das geschafft?"
„Geschafft? Niemand", meinte der Pfanzelt Maxe, „aber das ist mein neues Fitneßprogramm. Du kannst dich doch noch an den Almstetter Roger erinnern. Ich habe dir doch gesagt, daß ich seinen Tageslauf ganz genau beobachtet habe, und der ist fünfmal um den Block gelaufen. Das ist ein kleiner Teil von seinem Tageslauf gewesen."
„Tageslauf", kicherte der Igerl Alfons. „Ja pfui Teufel, mit so was den Tag oder die Woche anfangen. Das

erinnert mich ja fast an den Räuber Kneißl, der an dem Montag, an dem er hingerichtet wurde, gesagt haben soll: ‚Die Woche fängt ja schon gut an.' Ha, ha, ha."

„Von wegen anfangen", meinte der Pfanzelt Maxe. „Was meinst du, was ich heut, seitdem ich aufgewacht bin, schon alles an Fitneßprogramm hinter mich gebracht habe. Angefangen hat es mit einem halben Liter Grapefruitsaft mit einem Achtel Obstessig drin."

Igerl schüttelte es. „Grapefruit und einen Obstessig? Und das auf nüchternen Magen?" fragte er ungläubig.

„Nicht ganz", schränkte Maxe ein. „Ich habe ja ganz vergessen, daß ich dir sage, wenn ich aufwache, dusche ich mich zehn Minuten eiskalt, und dann trinke ich einen Liter lauwarmes Wasser. Und dann kommt erst die Grapefruit."

Igerl schüttelte es erneut. „Ja, um Himmels willen. Da wird mir ja vom bloßen Hören schon ganz schlecht. Sag einmal, macht es dir gar nichts aus?"

„Ich habe ja heute erst damit angefangen. Allein macht es halt nicht so viel Spaß, und deswegen habe ich mir gedacht, nach dem Motto ‚Geteiltes Leid ist halbes Leid', ob du nicht mitmachst bei dem Programm. Deine ausgegangenen Haare werden dir zwar nicht mehr nachwachsen, aber wenn der verbliebene Rest in natürlicher Frische und Farbe aufscheinen tät', wäre das doch auch etwas. Und im übrigen geht es dann eigentlich wesentlich angenehmer weiter, das Programm. Wenn ich jetzt heimkomme, folgt mein zweites Frühstück. Da gibt es schon etwas Besseres. Fünf rohe Eier, mit Brunnenkresse gewürzt, und dazu einen Brennesselsaft."

„Rohe Eier, Brunnenkresse und Brennesselsaft", wiederholte Igerl kopfschüttelnd.

„Ja, und danach lege ich mich eine Stunde hin und meditier' ein wengerl und bring' mich so in die richtige Stimmung für mein Yoga-Training."
„Ach so, Yoga machst du auch noch?" fragte der Igerl.
„Ja, selbstverständlich", antwortete der Maxe. „Was meinst du, was du versäumst, wenn du jetzt nicht mitmachst. Übrigens, nach dem Yoga gibt es schon wieder etwas zum Essen. Schrotkerne und Kleie, zwecks den Ballaststoffen, weißt du. Und dazu ein wenig Hagebuttenmark. Dann schließt sich ein ausgedehntes Schwitzbad an. Darauf bekommt man dann einen großen Durst."
„Da werden dir die Schlachtplatte und das Bier im Volkarteck gut schmecken", meinte Igerl.
„Bier und Schlachtplatte?" fuhr ihn der Maxe an. „Ja, bist du denn jetzt ganz narrisch geworden? Selbstverständlich muß ich doch strengste Diät halten und kann keinen Schluck Alkohol trinken, keine Zigarette rauchen, nur rein vegetarische Nahrung essen. Abends gibt's lediglich einen Joghurt und einen Sauerkrautsaft. Und wenn ich des alles gmacht hab', dann geh' ich etwas früher ins Bett, damit ich am nächsten Tag in aller Früh wieder rauskomme zum neuen Programm. Also, was ist jetzt? Machst mit?"
Es gibt ein psychologisches Institut, das in jahrelangen Forschungsarbeiten nachgewiesen hat, daß es auch so etwas wie eine nonverbale Kommunikation gibt. Das heißt, daß man eigentlich nicht reden muß und trotzdem dem anderen zeigen kann, was man meint. Das Institut hätte sich diese aufwendigen Untersuchungen sparen können, wenn es die nonverbale Antwort vom Alfons Igerl auf dieses Ansinnen hin beobachtet hätte.

Das kurze Tippen des Zeigefingers an seine vom Rogerschen Geheimrezept noch nicht regenerierten grauen Schläfen und die Ausdruckskraft seines Blickes, der nicht ablehnender hätte sein können, falls ihn eine Kellnerin gefragt hätte, ob er zu seinen Weißwürsten Tomatenketchup haben wolle – all das genügte dem Pfanzelt Maxe vollauf, um zu wissen, daß er bei seinem Programm in Igerl keinen Sparringspartner haben würde.

Das hinderte ihn aber nicht, in den nächsten Tagen mit einem enormen Trainingsfleiß, den ihm keiner seiner Spezln zugetraut hätte, sein Programm abzuleisten. Bei den folgenden zwei Stammtischen hielt der Maxe Vorträge über alle möglichen Sorten von Tee, über Selleriesäfte, Kieselsäure und die Wirkung von Joghurt, den er selber nach altem bulgarischen Rezept züchte, und der, wenn er die volle Wirkung haben solle, rechtsdrehend sein müsse.

Einmal sah der Igerl Alfons, als er nach einem längeren Regenguß einen Spaziergang in die nahe Anlage machte, den Pfanzelt Maxe barfuß im Gras herumtapsen. Auf seine erstaunte Frage, ob er nostalgische Erinnerungen an seine Kindheit praktiziere, meinte der Maxe, daß das auch zu seinem „Roger-Programm" gehöre.

Es erübrigt sich die Feststellung, daß sich das Stammtischverhalten vom Pfanzelt Maxe total geändert hatte. Kein Schluck Bier mehr und keine Schlachtplatte, auf die er sich doch immer so gefreut hatte. Es spricht für die liberale Gelassenheit, die an dem Stammtisch herrschte, daß der Maxe nicht einmal mit einer Zeitstrafe belegt wurde, als er in einer Feldflasche Molke mitnahm und sie in einen Glaskrug füllte. Hin und wieder mußte er sich natürlich schon die Frage gefallen lassen, wie es denn jetzt um seine Haarpracht stünde. „Sehen tut man noch nicht viel vom Kurerfolg“, stellten sie in gelegentlichen Abständen fest, „mit Ausnahme dessen, daß du immer dürrer und faltiger wirst!“

Die Kur währte genau 27 Tage. Als nämlich der Alfons am Abend des 27. Tages zum Stammtisch ging, sah er, daß der Maxe, der sonst immer zu spät kam, schon dasaß und mit einem „Aaaah, tut das gut“ sein Weißbierglas leerte. Den Alfons Igerl traf fast der Schlag.
„Ja, sag einmal“, fragte er, „was tust denn du jetzt da?“
„Das siehst du doch“, antwortete der Angesprochene. „Schmecken lass' ich es mir.“
„Ja, und der Erfolg von der Roger-Kur?“ meinte Igerl.
„Ich habe es mir überlegt. Man darf nichts übertreiben. Außerdem habe ich gerade in der Illustrierten von einer Befragung gelesen, aus der eindeutig hervorgeht, daß bei Frauen Männer mit grauen Schläfen wieder ganz besonders gefragt sind. Sogar bei jüngeren.“
Den wahren Grund für den Abbruch der Kur erfuhr Alfons Igerl allerdings erst zwei Tage später, als er im Friseursalon seine restlichen Haare zurechtstutzen ließ. Da fragte ihn nämlich sein Friseur Stein: „Sagen Sie einmal, Herr Igerl: Was ist denn eigentlich mit ihrem Bekannten, dem Herrn Pfanzelt, los? Der war vorgestern bei mir. Und als wir so ein wenig geredet haben, da habe ich ihn gefragt: ‚Wie geht es denn eigentlich dem Herrn aus Kanada, der bei Ihnen gewohnt hat?‘ ‚Woher kennen Sie ihn denn‘, hat mich der Herr Pfanzelt gefragt. ‚Ja mei‘, habe ich gesagt. ‚Der war doch jede Woche bei mir und hat sich bei mir im-

mer seine Haare färben lassen.‘ Daraufhin hat der Herr Pfanzelt geschrien: ‚Mein Gott, bin ich ein Rindviech‘, ist aufgesprungen, hat mir das Geld hingelegt und gesagt: ‚Jetzt muß ich schnell in die Wirtschaft. Ich habe nämlich schon seit einiger Zeit nichts Gscheites mehr gegessen und getrunken.‘“

Die Fahrt ins Blaue

Bekanntlich ist der Alfons Igerl ein begeisterter Fußballanhänger. Auch wenn er hin und wieder über seinen FC Bayern raunzt, hält er ihm trotzdem schon seit ewiger Zeit die Treue. Was wäre auch der Stammtisch im Volkarteck ohne das Thema Fußball? Natürlich gibt es hin und wieder einmal unterschiedliche Auffassungen. Da ist der Schweiß Hansi, der seit eh und je ein Sechziger-Anhänger ist und mit seinem Verein alle Höhen und Tiefen von der deutschen Meisterschaft bis zu den diversen Abstiegen durchgemacht hat. Freilich respektiert der Alfons inzwischen die Treue des Hansi zu „seinen" Löwen, wenn der es auch bis heute nicht lassen kann, den Alfons gelegentlich bei irgendwelchen Mißerfolgen der Bayern aufzuziehen.

An diesem Stammtischabend hatte der Hansi seinen Vetter aus einem kleinen Nest in Franken mitgebracht. Wasserlosen heißt der Ort. Er ist in der Nähe von Schweinfurt, klärte der Sölch Karl, so hieß der Vetter, die Stammtischrunde auf.

„Aha", erinnerte sich der Alfons, „Schweinfurt 05, mei, mit euch is aa nimma viel los. Ihr bringts aa koan Fuaß mehr vor den andern. Derweil habts ihr amal a durchaus respektable Mannschaft ghabt. I woaß no guat, wias' damals gegen Sechzge 6:1 gwonna ham. Der Kitzinger und der Kupfer ham seinerzeit bei Schweinfurt gspielt. Woaßt as no, Hansi?"

„Ja, ja", nickte der, „und i erinner' mi no guat an des 3:0 gegen deine Bayern. Mei, war des a Gaudi, wias'

euerm Torwart, dem Schmalzl, den Freistoß durchs Hosentürl gschoßn ham.“
Und schon war man mitten drin im schönsten Fußballdisput. Der Schweiß Hansi konnte es natürlich nicht lassen, angesichts der Niederlage des FC Bayern vom letzten Samstag den alten Witz anzubringen: „Woaßt du, wia ma des nennt, Alfons, wenn man deine Bayern hintereinander aufstellt? Net? Des is a Flaschenzug!“
„So“, konterte der, „du mußt reden, ihr mit euerm Unentschieden in der letzten Sekunde, wia der Ball grad' no 'neigrollt is. Des hast ja übrigens scho mitkriegt, daß ma jetzt des Grünwalder Stadion, wo deine Sechziger allweil spielen, überdachen lassen will. Und zwar als a Ganzer.“
„Geh, red doch kein' Schmarrn“, entgegnete der, „'s ganze Stadion, wieso denn des?“
„Ganz einfach“, lachte der Alfons, „weil Glücksspiele unter freiem Himmel verboten san.“
„Du, euren neuen Mittelstürmer hab' i mir des letzte Mal angschaut“, meinte der Hansi scheinheilig, zum Alfons gewandt, „gar kein schlechter Mann.“
„Moanst wirklich?“ fragte der naiv zurück.
„Naa, wirklich net schlecht, bloß zwoa Sachen gfalln mir net bei eahm, und die werdn ihn daran hindern, daß er jemals ein guter Fußballspieler wird.“
„Ja, und was ist dann des?“ wollte der Alfons wissen.
„Ganz einfach“, grinste der Hansi, „sei linker und sei rechter Fuaß.“
So war man also mitten im schönsten Frotzeln drin, aber bald konnte man sich den gegenwärtigen Fußballereignissen zuwenden. Der Sölch Karl aus Wasserlosen redete überall fleißig mit, aber die Fußballexperten am

Stammtisch hatten sehr schnell erkannt, daß er eigentlich nicht unbedingt sehr viel von der Materie verstehe. Der Pfanzelt Maxe, der die ganze Zeit schweigend zugehört hatte, meinte spöttisch zu dem Stammtischgast: „EntschuldigenS', Herr Nachbar, hätten Sie amal a halbe Sekunden Zeit für mi?"
„Natürlich", meinte der höflich.
„Dann kanntenS' ma amal erzählen, was Sie über Fußball wissen", lachte der Pfanzelt. „Aber, da fallt ma was anders ei. Weiß einer von euch, was des is? Es hat 22 Füaß, zwei Flügel und is gelb?"
„Wahrscheinlich ein Schmetterling", meldete sich der Sölch Karl.
„Naa", lachte der Pfanzelt Maxe, „die chinesische Fußballnationalmannschaft."
Der Wasserloser nahm aber diese kleinen Witzchen gar nicht übel, sondern revanchierte sich mit dem folgenden: „Kennts ihr den? Wie ein Häuptling, der in England gewesen war, wieder in seine afrikanische Heimat zurückgekommen ist, hat er dem Medizinmann folgendes erzählt: Die Engländer haben einen großartigen Zauber entwickelt, den sollten wir auch einmal bei uns anwenden. Stell dir vor, hat er gsagt, da kommen 22 bunt gekleidete Leute auf eine Wiese und schlagen wie wild nach einer Lederkugel. Und was soll ich dir sagen, nach zehn Minuten fängt's zu regnen an."
„Also, mir paßt die ganze Geschichte mit den Profis heutzutage einfach nimmer so", schaltete sich jetzt der Scherm Ade ein, „i geh' nach wie vor zu meine Amateure naus, i schau' mir allerweil no mein' MTV an, aa wenn er a paar Klassen niedriger spielt wie deine Bayern oder wie die Sechzger."

„Und wia hams' denn am Sonntag gspielt?", wollte der Eisenberg Schorsch von ihm wissen.
„Am Sonntag, mei, da hat's so nach Regn ausgschaut. Außerdem kriegt ma allerweil so schlecht an Parkplatz in der Nähe vom Stadion. Und no dazua sitzt ma allerweil so unbequem da draußen."
„Ja", lachte der Schorsch, „des kenn' i, mei Frau wollt' aa net, daß i auf'n Fußballplatz geh'."
So erstreckten sich die Gespräche noch bis in die späten Abendstunden hinein. Am Schluß setzte dann der Sölch Karl einen heiteren Akzent, als er die Anwesenden fragte: „Ich hab' schon gemerkt, daß hier große Fußballexperten am Werke sind, aber es gibt doch einige Fragen aus dem Bereich Fußball, wo keiner von euch eine Antwort weiß."
„Des darfst net sagn, Karl", wies ihn der Schweiß Hansi zurecht. „Der Pfanzelt Maxe ist, obwohl er selber eigentlich nia richtig Fußball gspielt hat, ein echtes Phänomen. Er weiß zum Beispiel genau, wia des Pokalendspiel 1957 ausganga is und wer die Tore gschossen hat. Oamal hat er sogar in am Fernsehquiz an ersten Preis gmacht, gell, Maxe?"
Der nickte stolz.
„Also gut", lachte der Sölch Karl, „da können Sie mir auch folgende Frage beantworten: Wieviel Löcher hat ein Tornetz?"
Mit allgemeinem Gelächter wurde der Gast verabschiedet, und sie hörten längere Zeit eigentlich nichts mehr von ihm. Mehrere Monate waren ins Land gegangen, und in der Fußballbundesliga ging es an der Spitze spannend zu. Der FC Bayern, Werder Bremen und Borussia Dortmund standen punktgleich an der

Tabellenspitze. Der Alfons hatte schon seit Wochen eine Karte für das Heimspiel des FC Bayern gegen Borussia Dortmund gekauft und hütete sie wie seinen Augapfel, denn inzwischen war es längst ausverkauft. Das vorweggenommene Endspiel war einige Wochen das Abendgespräch am Stammtisch, und der Igerl fieberte ihm aufgeregt entgegen.
Da platzte acht Tage vorher der Schweiß Hansi mit einer Nachricht in die Stammtischrunde. „Leute", rief er, „heut hab' ich eine Überraschung. Könnts ihr euch noch an den Sölch Karl erinnern? Der Sölch Karl hat einen Riesengewinn im Fußballtoto gemacht und schwört darauf, daß unser Stammtisch schuld ist, daß er sich seitdem etwas intensiver mit Fußball beschäftigt hat. Jetzt hat er eine Mordsfeier für den nächsten Samstag geplant, und stellts euch vor, wir sind alle herzlich bei ihm eingeladen."
Beifälliges Gemurmel wurde hörbar, nur der Alfons rief sofort: „Geht net, geht net, da spielt Bayern gegen Borussia Dortmund."
„Ah geh", wies ihn der Hansi zurecht, „so wichtig is des Spiel aa wieder net. Außerdem verlieren des die Bayern todsicher. Vor allem, wos' euren Libero am letzten Samstag vom Feld gstellt ham, weil er doch dem Schiedsrichter in' Bauch 'neitreten hat."
„Also, da is der Schiedsrichter selber schuld", verteidigte der Alfons den Bayernlibero, „warum muaß se der Hirsch aa umdrahn? Naa, aber i fahr' net mit, i schau' mir des Spiel an. I hab' ja scho a Karten."
Der Schweiß Hansi redete mit Engelszungen und erzählte, was alles möglicherweise zu erwarten sei und daß der Sölch Karl ohnehin nie ein Kind von Traurig-

keit gewesen sei. „Werds sehng“, meinte er, „der laßt se Sachen einfalln, die wos ihr euch net im Traum ausmalen kennts.“

„Fahrts ruhig ohne mi“, beharrte der Alfons, „i schaug ma Bayern gegen Borussia an!“

„Nix da“, meinten die anderen Stammtischbrüder, „bei uns gibt's ein Stammtischgesetz, an des werst di erinnern kenna, daß ma alles gemeinsam machn.“

„I schlag' eine demokratische Abstimmung vor“, rief der Schweiß Hansi. „Also, wer ist dafür?“

Der Alfons wurde haushoch überstimmt.

Am Samstag fuhren sie in aller Früh los. Mühselig zwängten sie sich zu fünft in das Gefährt des Hansi. „Findst aa hi?“ wollte der Alfons von ihm wissen. „Du mit deiner Orientierung! I ko mi no guat an des letzte Schwammerlsuacha erinnern, wo ma beinah nimmer aus dem Wald rausgfunden hätten.“ Der Hans war tatsächlich, was Orientierung angeht, eine echte Niete, und der Pfanzelt Maxe hatte schon oft gefrotzelt, daß er sogar die Fähigkeit besitze, sich in einem Telefonhäusl zu verlaufen.

„Heut kann sich nix fehln“, tröstete sie der Schweiß Hansi, „i hab' a wunderschöne Straßenkarten da, die hat ma der Sölch Karl eigens mit der Einladung zukommen lassen.“

Also fuhren sie los. Der Hansi schaffte es trotz der Straßenkarte, sich ein paarmal zu verfahren, so daß sie nicht wie ausgemacht um elf Uhr, sondern erst um zwölf Uhr in Wasserlosen ankamen. Im Haus des Karl Sölch war tatsächlich einiges geboten. Mindestens fünfzig Leute waren bei einem prächtigen Essen versammelt, eine Blaskapelle spielte auf, und

die Neuankömmlinge wurden mit großem Hallo empfangen.
„Und setzt euch gschwind hin“, rief der Sölch Karl den Stammtischlern zu. „Eßts no schnell was, das beste vom Feinen hab’ i auftischen lassen.“
„Warum pressiert’s denn so?“ wollte der Alfons wissen.
„Ja, i hab’ für meine ganzen Freunde eine Riesenüberraschung vorbereitet. I weiß selber no net, was’ sein wird, i hab’ des Ganze nämlich, da für mich momentan Geld keine Rolle spielt, an den Veranstaltungsdienst ‚Laetitia‘ übergeben. Die richten übrigens auch das Essen aus und haben die Kapelle engagiert. Bis jetzt ein voller Erfolg.“
„Ja, und was soll denn die eigentliche Überraschung sein?“ wollten die Stammtischbrüder wissen.
„Der Veranstalter hat uns eine Fahrt ins Blaue versprochen, aber des Blaue soll in dem Fall wirklich der Schuß ins Schwarze schlechthin sein. Na ja“, meinte der Sölch Karl so nebenbei, „der darf scho was bieten, grad’ wenig war’s ja wirklich net, was i zahlt hab’.“
Um ein Uhr stiegen sie alle miteinander in einen Bus, der es in sich hatte. „Echt pfundig“, lobte sogar der sonst zurückhaltende Scherm Ade das Gefährt. Im Bus wurde, nachdem die Blaskapelle die Festgemeinde mit einem gebührenden Marsch verabschiedet hatte, Kaffee mit den besten Torten serviert. Nur der Igerl Alfons wollte an diesem Tag bisher noch keinen rechten Gefallen finden, denn er war in Gedanken natürlich ständig bei dem Spiel seiner Bayern und ärgerte sich im nachhinein, daß er nicht doch noch irgendwie ausgebüxt war.
Der Busfahrer verkündete, daß er zu einem Ziel fahren

werde, das er jetzt noch nicht verraten wolle, über Sträßchen und Wege, die man sonst kaum kenne. In der Tat, da fuhren sie durch viele romantische kleine Orte, zu denen der Fahrer immer etwas Interessantes und Heiteres zu berichten wußte.

„Kennts euch ihr da aus?" wollte der Pfanzelt Maxe von seinen Stammtischspezln wissen. Aber die schüttelten nur den Kopf.

„Sag amal", fragte der Schweiß Hansi seinen Vetter, den Sölch Karl, „wie lang dauert die Fahrt denn eigentlich?"

„Mei", meinte der, „so genau weiß ich des aa net, aber der Veranstalter hat mir gsagt, daß ma dann so um achte rum in Wasserlosen zurück sind."

„Um achte rum, um Gottes Willn, des werd spät", jammerte der Hansi, „da fahrn ma ja mitten in der Nacht zurück."

„Du als routinierter Fahrer", trösteten seine Freunde, „brauchst doch net jammern, du findst doch immer den kürzesten Weg."

Plötzlich hielt das Fahrzeug, es mußte etwas passiert sein. Der Fahrer sprang aus dem Wagen, schaute sich den Bus mehrmals von allen Seiten und auch von unten an und stellte dann fest, daß irgend etwas mit dem Motor nicht stimmen könne.

Jetzt war guter Rat teuer, und der Fahrer wurde sichtlich nervös. Ganz langsam fuhr er holpernd in den nächsten Ort hinein und erkundigte sich aufgeregt nach einem Mechaniker. Da war aber natürlich am Samstag nicht viel zu machen.

Nach einer Dreiviertelstunde hatte er es jedoch mit den verschiedensten Telefonaten doch geschafft. In einer weiteren halben Stunde war der Wagen wieder flott.

Jetzt fuhren sie natürlich größere Straßen, und bald kam dem Stammtisch dann auch die Gegend bekannter vor. „Ja, so was“, rief der Pfanzelt Maxe, „i glaub’, i spinn’, des is ja Allershausen, ganz in der Nähe.“
Der weitere Vorgang ist schnell erzählt. Die Fahrt ins Blaue hatte als Zielpunkt das Münchner Olympiastadion, und der Höhepunkt wäre der Besuch des Fußballspiels FC Bayern gegen Borussia Dortmund gewesen. Wäre gewesen, denn tatsächlich sahen Igerl und seine Freunde nur noch die zweite Halbzeit. Die erste hatten sie versäumt. Ausgerechnet in dieser ersten Halbzeit hatte der FC Bayern zwei Tore geschossen, eines schöner als das andere. Als sie dann doch noch zwei Tore sahen, war das für den Alfons weniger erfreulich als für den Schweiß Hansi, denn die beiden Toren fielen leider gegen den FC Bayern. Das letzte davon war sogar ein Eigentor.
Nicht einmal das vorzügliche Essen, das, nebst Getränken, auf der Rückfahrt nach Wasserlosen in dem komfortablen Bus serviert wurde, konnte den Alfons besonders trösten. Immer wieder murmelte er vor sich hin: „Ah, so ein blödes Eigentor.“
Der Sölch Karl wollte den Niedergeschlagenen trösten und meinte: „Ach wissen Sie, Herr Igerl, das kann jedem mal passieren, denn die beiden Tore in dem Stadion haben sich auch zum Verwechseln ähnlich gesehen. Und im übrigen, ganz objektiv gesagt, das Spiel hätte genausogut umgekehrt ausgehen können.“
Da blieb dem Alfons Igerl halt doch nichts anderes übrig, als das Ganze mit Humor zu tragen.

Der Schriftsteller

Der Alfons Igerl war es ja gewohnt, daß er wegen seines Wamperls beziehungsweise seines Hendlfriedhofes alle Daumenlang irgendeine Stichelei ertragen mußte. Davon war die, daß er jetzt bald mit dem Kugeln schneller vorankäme als mit dem Laufen, noch die harmloseste. Etwas betroffen wurde er allerdings, als er vor einiger Zeit auf eine Computerwaage stieg und diese anzeigte: „Bitte immer nur eine Person."
„Irgendwas muaß i jetzt amal doa", gestand er seinen Spezln am Stammtisch im Volkarteck selbstkritisch. „I hab' allerweil gmoant, daß ma ab zwanzge nimmer wachst, aber jetzt hab' i festgstellt, daß bei mir wieder a Wachstum eigsetzt hat, aber nach vorn."
Der Pfanzelt Maxe grinste boshaft und meinte: „Du, da weiß ich dir eine gute Adresse. Da hat vor kurzer Zeit neben mir ein Arzt seine Praxis eröffnet. Der kaannt genau der Richtige für di sein, sozusagen ein Spezialist, da steht nämlich dort ‚Dr. med. vet.'."
Nach einigem Überlegen entschloß sich der Alfons, in eine Kur zu gehen. Auch wenn er von dem ehemaligen Trainer des FC Bayern, dem Tschik Caikowsky, vor kurzer Zeit den schönen Spruch gehört hatte: „In Kur ich habe gleich 20 Pfund abgenommen und seither bloß wieder 12 Kilo zugelegt."

Ja, und in dieser Kur beginnt nun eigentlich erst unsere Geschichte. Das, was ich bisher geschrieben habe, war sozusagen eigentlich nur eine Einleitung. Viel zu lang und zu wenig auf die Sache bezogen, hätte mein ehemaliger Deutschlehrer, Dr. Josef Zehetmeier, wohl an den Schluß dieser meiner Geschichte geschrieben.

Igerl lernte auf dieser Kur den Schriftsteller Ladislaus Anton Bätsch kennen, der, wie er stolz erzählte, schon mehrere Literaturpreise an Land gezogen hatte, unter anderem, wie er immer wieder beiläufig erklärte, den Bisumer Kutter, das Goldene Elmshorner Horn, den Beilngrieser Juragriffel, den Burgwedeler Wedel sowie den Uelzener Lorbeerkranz. Der Alfons konnte sich lebhaft vorstellen, wie dieser Poeta laureatus ausgesehen haben mochte, als ihm dieser Preis auf sein Haupt gesetzt wurde, das weniger Haare aufwies, um mit Sigi Sommers Worten zu sprechen, als eine Billardkugel oder ein Tischtennisball. Bätschs Spezialität waren, wie er immer sagte, die kleinen Aphorismen. Zwei-, Vier- und allenfalls Sechs- oder Achtzeiler. Wahrer Dichter ist eigentlich nur der, erklärte er dem Alfons Igerl, der es versteht, mit wenigen Worten, also im wahrsten Sinne des Wortes dicht, das Wesentliche auszusagen. „Da dies nur wenige können“, fügte er hinzu, „bin ich der Meinung, daß die meisten Dichter nicht ganz dicht sind. Ha, ha, ha, übrigens auch ein kleiner Ausspruch von mir, allerdings nicht in gereimter Form.“

Bei jeder sich bietenden Gelegenheit zitierte er aus seiner Aphorismensammlung, die im Döbler-Verlag herausgekommen war unter dem Titel: „Was du nicht willst, daß man dir schreib’, das tu auch nicht aus Zeitvertreib“. Da gab es beispielsweise den Spruch: „Was du heut besorgen kannst, begreif es, eh’ du dich besannst.“ Oder: „Des Glückes Mißgunst drin besteht, daß sich der Fülle Last ergeht.“ Da war aber auch noch

der Spruch: „Die Dankbarkeit, das wisse wohl, stürzt oft das Volle, wenn es hohl."
So ganz wollte es der Alfons natürlich nicht zugeben, daß er nicht jeden von diesen Sprüchen verstand. Aber wenn jemand eben beispielsweise den Burgwedeler Wedel gewonnen hat, dann wird sich die Jury schon etwas gedacht haben, überlegte der Alfons. Er überlegte sich aber auch, was die Leute wohl sagen würden, wenn der Ladislaus Anton Bätsch einmal als Gastpoet bei einer Turmschreiber-Lesung am Podium sitzen würde. Was das wohl für Leute sind, grübelte er hin und wieder, die sich die Werke von Bätsch kaufen. Und er erinnerte sich des boshaften Ausspruches, den er einmal vom Verleger Förg gehört hatte: „Das beste, was wir zur Verbreitung von dem seinen Werken tun können, ist, daß wir Konfettis machen und sie unters Volk streuen."
Irgendwie imponierte ihm aber trotzdem die selbstsichere Art des Ladislaus. So saßen sie eines Abends bei der kargen Abmagerungskost, einem Löffel Topfen mit einem halben Radieserl, zu dem ein Gläschen so sauren Weines gereicht wurde, daß es einem fast die Zehennägel aufdrehte. Da verkündete Igerl dem Dichterfürsten: „WissenS', ich mach' nämlich hin und wieder auch Gedichte. Allerdings", meinte er, „nur für meinen Hausgebrauch und natürlich nicht so tiefgehende."
„Ach, das ist ja interessant", meinte Bätsch wohlwollend, „da müssen Sie mir aber einmal etwas zeigen."
„Leider", meinte Alfons Igerl, „hab' ich nichts dabei."
„Na, vielleicht", meinte Bätsch, „können Sie etwas auswendig."

„Naa“ , entgegnete Alfons Igerl, „da hab’ ich mich in der Schul’ schon allerweil schwergetan. Ich bin bei der ‚Bürgschaft‘ schon immer bei der zweiten oder dritten Zeile hängengeblieben. Aber schauenS’ her, ich hab’ da gestern abend gerade ein Gedichterl gemacht, das wo ich vielleicht am End’ von unserer Kur ins Gästebuch schreiben werde.“ Und er las vor:

„Koa Suppn, Vorspeis’ und dafür
a Selterswasser statt am Bier,
und wenn ma statt dem Hauptgericht
auf d’ Nachspeis’ und ’s Dessert verzicht’,
nimmt ma, wie i erforscht hier hab’,
sogar beim schönsten Essen ab.“

„Mhm“, meinte Bätsch wohlwollend, „mhm, Mundart, durchaus recht heiter. Nicht unbegabt, nicht unbegabt“, lobte er das Produkt. „Passen Sie auf, Igerl, ich mach’ Ihnen einen Vorschlag. Wir sind ja noch einige Tage hier, und übermorgen wird mich mein Verleger besuchen. Dem sollten Sie Ihre, äh, Erzeugnisse durchaus einmal vorlegen. Herr Döbler macht da vielleicht ein kleines Büchlein daraus.“
Das war natürlich eine gewaltige Aufmunterung für den Alfons Igerl. Er rief sofort seine Zugehfrau, die Frau Rankl, an, die den Schlüssel für seine Wohnung hatte. Er beauftragte sie, daß sie ihm seine handgeschriebenen Gedichte, die in dem orangefarbenen Ringbuch auf seinem Schreibtisch lägen, per Eilboten überschicken solle. Die Frau Rankl war eine zuverlässige Person, und so erhielt Alfons Igerl am übernächsten Tag in der Früh per Eilboten seine gesammelten

Opera, die er sofort mit dem Gedicht über das Essen oder vielmehr Nichtessen ergänzte.

Tatsächlich besuchte am selben Abend der Verleger Döbler den Herrn Bätsch. Nach einiger Zeit intensiven Gesprächs rief Bätsch den Alfons Igerl herbei und stellte ihn dem Herrn Döbler vor. „Das ist der Herr Igerl, der recht nette Mundartgedichte schreibt. Ich habe mich selber davon überzeugt. Herr Igerl, lesen Sie doch dem Herrn Döbler einmal das eine oder andere vor. Moment mal, wir machen eine Art Dichterwettbewerb, wenn es Ihnen recht ist, verehrter Herr Döbler, ich les' Ihnen meine neuesten Opera vor, und dann können Sie auch das eine oder andere Gedichtchen von Herrn Igerl über sich ergehen, äh, äh, auf sich einwirken lassen." Bätsch las mit lyrischer Stimme:

„Weil sich Gemeinsamkeiten
im Trennenden berühren,
wird man in welken Zeiten
nicht nur Beliebigkeit erspüren."

Von seinen eigenen Zeilen ergriffen, schaute er seinem Verleger gespannt in die Augen. „Moment, Herr Döbler, da hab' ich noch eines:

Weil Krähen niemals virulent
sich Augen selbst aushackten,
drum gilt mein Kontra vehement
auch allen Kontrafakten."

„Moment einmal“, sagte er, „ich hab’ aber auch einige sehr zeitgemäße Themen aufgegriffen.“ Und er las vor:

„Beim Hauptverkehr sollt’ man auf Straßen
nicht unbedingt noch Alphorn blasen.“

Nun war Bätsch in seinem Element. Als dann Döbler schon etwas auf die Uhr schaute, weil er ja seinen Zug noch erwischen wollte, hatte Alfons Igerl gerade noch Gelegenheit, ihm sein letztes Gedicht über das Essen vorzulesen. Er tat dies etwas aufgeregt, aber Herr Döbler schien sichtlich erheitert und meinte: „Geh, gebnS’ mir doch einmal Ihre Gedichte mit, ich will sehen, was sich draus machen läßt.“

Ja, und jetzt stelle ich fest, daß ich eigentlich immer noch bei der Einleitung bin, denn da beginnt die eigentliche Geschichte erst. Oh je, hoffentlich fällt diese Geschichte wirklich nicht meinem alten Lehrer Zehetmeier in die Hand. Da braucht er ja gleich eine ganze Füllung mit roter Tinte, um mir klarzumachen, wie lang meine Einleitung geworden ist.

Als Alfons Igerl seine Kur mit einem durchaus beachtlichen Gewichtsverlust von neuneinhalb Kilo beendet hatte, fand er zu Hause einen Brief des Herrn Döbler vor, in dem dieser ihm schrieb: „Ich habe mich sehr gefreut, Sie kennenzulernen. Bei der Rückfahrt habe ich bereits Ihre Gedichte gelesen und habe mich entschlossen, einen kleinen Band in meinem Verlag herauszubringen. Nach meinem Urlaub werden Sie wieder von mir hören.“

Igerl führte einen kleinen Freudentanz auf, was ihm dank des Gewichtsverlusts durch die Kur wesentlich leichter fiel, als es mit seinem Wamperl vorher gewesen wäre. Gespannt wartete er die Rückkunft des Herrn Döbler ab.
Nun gibt es da einen Spruch von Werner Mitsch, der mir sehr gut gefällt: „Ereignisse, die er nicht begreift, nennt der Mensch Zufall." Man kann unterschiedlicher Meinung sein, ob das, was sich nun ereignete, Zufall, Glück oder auch Pech war. Vielleicht war es die Besinnung im Urlaub, vielleicht aber auch irgendwelche anderen Dinge, die den Verleger Döbler dazu veranlaßten, einen Plan, den er schon lange gehegt hatte, wahr zu machen. Er übertrug den Verlag seinem Sohn und seiner Tochter und widmete sich selbst weitgehend nur mehr dem Ruhestand. Dies ließ er in einem Brief auch dem Alfons Igerl wissen, wobei er aber noch bemerkte, daß er die Gedichtsammlung Igerls seiner Tochter wärmstens ans Herz gelegt habe, da sie, wie er meinte, sehr gut in die Bavarica-Reihe seines Verlages passe.
Als er zwei Monate nichts mehr hörte, entschloß sich Igerl, einmal einen Brief an den Döbler-Verlag zu schreiben und nachzufragen. Die junge Frau Döbler, die sich aufgrund ihrer Ehe mit dem nicht mehr ganz taufrischen Junglyriker Sven Ruckdaschel nun Döbler-Ruckdaschel nannte, schrieb ihm nach einem Monat, daß er ihr nicht bös sein solle, die Umstrukturierung des Verlages habe aber so viel Arbeit gebracht, daß sie sich noch nicht intensiv aller Obliegenschaften widmen habe können. Sie habe aber das „Werk" – „Werk" hatte sie in Anführungszeichen geschrieben, und Igerl wußte nicht, ob das positiv oder negativ zu werten sei – sie

habe das Werk Igerls wohl gelesen, und das eine und das andere habe ihr ganz gut gefallen. Allerdings, schrieb sie weiter, denke sie, die Bavarica-Reihe des Verlages nicht fortzuführen, und deshalb habe man sie bereits an den Deichgrafen-Verlag in Flensburg verkauft. Der Verlagstrend des Döbler-Verlages solle mehr in Richtung kritische Literatur gehen. Diesem Zweig würde sich besonders ihr Mann intensiv widmen, der ja eine anerkannte Kapazität sei. Sie stelle nun, schrieb Frau Döbler-Ruckdaschel weiter, Alfons Igerl frei, ob sie sein Heftchen gleich zur Begutachtung nach Kiel schikken solle. Aber sie könne ihm auch ein besonderes Angebot machen, schon ihrem lieben Vater zuliebe, der ihr seine Verse besonders warm ans Herz gelegt habe: Man könne aus den Igerlschen Gedichten vielleicht etwas ganz Besonderes machen, das sie dann in ihren Verlag übernehmen würde. Selbstverständlich müsse er dann zunächst einmal seine Gedichte in eine hochdeutsche Form bringen mit bestimmten Änderungen, über die man ihn aber gut beraten werde. Sie verwies wieder auf ihren Mann Sven Ruckdaschel, dem sie, das Einverständnis Igerls vorausgesetzt, die Igerlsche Literatur zur Reflexion überlassen werde. „Vertrauen Sie sich meinem Mann an, wenn ich Ihnen einen Rat geben darf", beendete Frau Döbler-Ruckdaschel den Brief, „mein Mann hat schon einigen Autoren dazu verholfen, daß sie Literaturpreise bekommen haben."
Igerl entschied sich spontan für die zweite Lösung, und in Anlehnung an den schönen Spruch „Lieber einen Koffer in Berlin als zwei Punkte in Flensburg" sagte er sich, lieber einen Buchpreis in Bayern als ein bayerisches Buch in Preißn. Alfons teilte also seinen

Entschluß dem Verlag mit, und prompt bekam er ein paar Wochen später ein Schreiben, diesmal schon von Herrn Ruckdaschel, daß dieser sich ganz gern mit Herrn Igerl im Hinblick auf das neue Buch zu einem Arbeitsessen treffen wolle. Igerl solle ihm einen geeigneten Platz vorschlagen. Das tat der Alfons, und so trafen sie sich an einem Freitag mittag im Volkarteck.
„Also“, begann Ruckdaschel nach den üblichen Begrüßungs- und Höflichkeitsfloskeln, „ich hab’ mir ihre Gedichte gut durchgesehen. Ich glaube, da ist einiges drin. Allerdings muß ich Ihnen sagen, für eine Herausgabe wirklich empfehlenswert scheint mir nur jenes letzte Gedicht, das Sie über das Essen geschrieben haben.“
„Ja“, meinte Alfons Igerl, „aber gibt denn dieses eine Gedicht einen ganzen Band her?“
„Wenn wir es richtig anstellen“, erklärte Sven Ruckdaschel, „selbstverständlich. Ich werde Ihnen schon entsprechend zur Hand gehen. Passen Sie auf, Herr Igerl. Wenn Sie einen Blick auf die gegenwärtig virulente Literatur, ich meine jetzt wirklich Literatur, die etwas zu sagen hat, lenken, werden Sie merken, daß die kritische, ich will aber auch sagen, problemhaltige Literatur den Markt beherrscht. Bücher ohne Probleme haben sozusagen heute Probleme, ha, ha, ha“, klärte er Alfons Igerl auf. „Und sehen Sie, Herr Igerl, mit ihrem letzten Gedicht haben Sie schon eigentlich einen Problemhorizont aufgerissen, wenn er auch noch nicht das Zentrum trifft. Wir wissen ja alle, daß heute das Ernährungsproblem, Unterernährung, Hunger in der Welt und so weiter, eines der größten Probleme aller Zeiten ist. Und da, meine ich, sollten Sie mit Ihrem Werk zuschlagen.“

„Sie meinen also“, fragte Igerl, „ich soll ein Gedicht oder mehrere Gedichte oder ein ganz großes Gedicht über den Hunger in der Welt schreiben?“
„Ja und nein“, meinte Ruckdaschel. „Sagen Sie, Herr Igerl, haben Sie es eigentlich schon einmal mit Prosa versucht?“
„Mit was? Ah so, mit Prosa“, meinte Igerl. „Ja mei, Ansprachen hab' i halt scho ein paarmal halten müssen, die wo sich dann nicht gereimt haben. Wissen Sie, ich bin nämlich Kassier beim Kleingartenverein ‚Flora‘, und da trifft einen schon hin und wieder einmal irgendeine Pflicht, und wenn's ein Kassenbericht ist.“
„Na also, sehen Sie“, rief Ruckdaschel, „da sind Sie ja schon voll in der Übung. Beschreiben Sie doch einfach einmal, was sich bei uns in den Parties so alles abspielt. Machen Sie sich so Ihre Gedanken über Ausbeutung, über politische Ungerechtigkeit, und dann werden wir schon weitersehen.“
So ganz abgeneigt dem Essen gegenüber schien Herr Sven Ruckdaschel allerdings nicht zu sein, denn er bestellte das teuerste Gericht, das es im Volkarteck gab, ein Wildgericht mit Reherln, und trank dazu drei Schoppen des teuersten Weins, der auf der Karte stand. Und als es dann ans Zahlen ging, mußte Igerl feststellen, daß Ruckdaschel plötzlich entsetzt auf die Uhr schaute und rief: „Also, Herr Igerl, alles klar, ich muß mich beeilen, ich versäume sonst noch meinen Zug. Näheres machen wir dann schriftlich, alles klar.“ Und schon war er draußen.
Nachdem Igerl alles bezahlt hatte, überlegte er noch bei einer Halben Dunkles: Wie hat der des jetzt bloß

gmeint, mit dem Essen und dem Hunger und der Kritik. Na, irgendwas wird mir schon einfallen, dachte er sich. Als die Kellnerin Anita vorbeikam und fragte: „Ham ma noch an Wunsch, Herr Igerl“, fragte er sie gleich, ob sie nicht eine nette Geschichte oder einen Witz wüßte, wo etwas vom Essen vorkomme.

„Oh mei, Herr Igerl, da gibt es eine ganze Menge Witze“, meinte sie, „beispielsweise von dem Lokal, das grad' aufgmacht hat. Wie da der erste Gast 'gangen ist, hat der neue Besitzer die Bedienung gfragt: ‚Na, was hat denn unser Gast gsagt?‘ Und die Bedienung meint: ‚Mei, er hat gschimpft, daß des Essen a Katastrophe wäre, und wenn die Portionen net so klein wären, dann müßte er jetzt sicher glei ins Krankenhaus, um sich den Magen auspumpen zu lassen. Der Wein wär' völlig ungenießbar, die Bedienung so ungeschickt, daß man ihm seinen Anzug vollgeschüttet habe, außerdem noch unfreundlich, und die Preise wären schlechterdings eine Unverschämtheit.‘ ‚Ja‘, meint der Besitzer auf den Bericht hin, ‚wenn er sonst zufrieden war.‘ Oder kennenS' den von dem anderen Restaurant, wo der Gast zu der Bedienung gsagt hat: Sie, ich möcht' bittschön nachbestellen. Wenn des da, was' mir grad' serviert ham, Kaffee war, dann bringenS' mir bittschön jetzt einen Tee, wenn's aber ein Tee gewesen sein sollte, dann bringenS' mir an Kaffee. Wenn's aber a Suppn gwesn is, dann sagenS' mir bittschön des Rezept. Denn i hab' demnächst a Einladung bei uns, da möcht' ich mich bei a paar Leuten rächen.‘ Dann gibt's doch da noch die etwas unappetitliche Geschichte mit dem Ober. KennenS' die? Der Kellner serviert die Suppe und hält dabei seinen Daumen voll hinein. Da beschwert sich der Gast: ‚Sie, Sie halten ja Ihren Daumen in meine Suppe.‘ Da entschuldigt sich der Ober und sagt: ‚Des is wegen meinem Rheuma, wissen Sie, die Wärme tut meinem Daumen gut.‘ Jetzt wird der Gast bös und sagt: ‚Sie, Ihr Rheuma interessiert mich überhaupt nicht, stecken Sie sich von mir aus Ihren Finger in den Hintern.‘ Da antwortet der Kellner: ‚Ja mei, des hab’ ich ja bis jetzt gmacht, aber die Suppe tut mir sicher besser.‘“

Ganz ohne Frage hatte der Igerl in ein Wespennest gestochen, und während er sich noch eine Halbe von dem guten Dunklen genehmigte, erzählte die Anita munter drauflos. Igerl machte sich nebenbei ein paar Notizen und trat dann endlich seinen Nachhauseweg an. Wie es der Zufall wollte, stach ihm eine Knallüberschrift auf einer Münchner Boulevardzeitung ins Auge, in der ein Bericht darüber stand, daß ein sehr bekanntes Restaurant aufgrund von Beanstandungen der Gesundheitsbehörde habe schließen müssen. Igerl kaufte sich das Blatt, und nach einem ausgiebigen Nachmittagsschläfchen machte er sich daran, eine Geschichte zu schreiben, in der es um ein solches Lokal ging, wo es eben hint und vorn nicht stimmte und wo die Gäste übers Ohr gehauen wurden. Die Witze, die ihm die Anita erzählt hatte, brachte er teilweise auch unter.

Nach ein paar Tagen hatte er tatsächlich eine Geschichte geschrieben, deren besondere Pointe darin bestand, daß die Frau Schlotterbeck ihrem Mann vorschwärmt: „Du weißt doch, ich habe mich heute mit der Frau von Wexenstiel getroffen, und die hat mich in ein Super-Restaurant eingeladen. Ich kann dir nur

sagen, da hat alles gestimmt. Exquisit, bestimmt fünf Sterne. Da müssen ma unbedingt auch einmal hingehen, wenn wir uns ein bißchen Geld gespart haben."
„Ja, ja", meint der Schlotterbeck, „es gibt halt solche und solche Restaurants. Stell dir vor, heut nachmittag haben wir eins inspizieren müssen. Du kannst dir gar nicht vorstellen, was da alles los war, wir haben's sofort schließen lassen." Und dann stellt sich heraus, daß das, wo die Frau Schlotterbeck gegessen hat, und das, was der Herr Schlotterbeck hat schließen lassen, dasselbe war. Igerl tippte diese Geschichte fein säuberlich auf seiner alten Adler-Schreibmaschine ab und schickte sie dem Herrn Ruckdaschel.
Der reagierte auch prompt nach vierzehn Tagen und lud Igerl erneut zu einem Arbeitsessen ein.
„Bravo, Igerl", begrüßte er ihn überschwenglich, „ich seh' schon, Sie haben eine Menge dazugelernt. In Ihnen steckt tatsächlich eine literarische Potenz. Aus den Potenzen läßt sich sicher einiges machen." Und nun redete er auf Alfons Igerl ein wie auf ein krankes Roß, daß diese Geschichte natürlich noch lange kein Buch ergebe und daß es ganz entscheidend sei, daß er halt mehr Kritik einbringe.
„Ja, ich hab' doch so viel Kritisches hineingeschrieben", entschuldigte sich Igerl, „des mit dem schlechten Essen und daß die Gäste übers Ohr ghaut werden und daß die Leute bei uns halt immer wieder recht unkritisch auf so einen Blödsinn hineinfallen."
„Ja", meinte Ruckdaschel, „aber Kritik, da meine ich etwas anderes. Kritik ist Gesellschaftskritik. Sie müssen das immer in größeren Gesamtzusammenhängen sehen. Der Besitzer des Lokals, Stangerl, wie Sie ihn

genannt haben, steht doch nicht losgelöst in unserer Gesellschaftsstruktur. Ich würde Ihnen im übrigen raten, hier einen anderen Namen einzuführen als den Namen Stangerl. Bringen Sie doch etwas mehr von den vielen Ungerechtigkeiten in unserem System hinein. Stangerl, oder wie immer Sie ihn nennen wollen, ist doch lediglich ein Handlanger. Im Endeffekt ein kleiner Fisch. Da muß es doch um ganz etwas anderes gehen als um ein, na sagen wir einmal, ein etwas unsauberes Lokal. Sind Sie mir nicht bös, Igerl, mit einem Haar in der Suppe oder einer Fliege oder einem Ober, wie Sie ihn schildern, der sich beim Servieren der Suppe nicht gerade appetitlich verhält – Sie sehen, Herr Igerl, ich habe Ihre Geschichte sehr genau studiert – mit so etwas lockt man eigentlich doch keinen Hund mehr hinter dem Ofen hervor. Das ist heutzutage nicht einmal mehr ein Skandälchen. Wir wollen aber einen Skandal, wir wollen Kritik. Sie müssen Tabus brechen, Igerl, Tabus, ich sage Ihnen ja, schauen Sie sich die moderne Literatur, schauen Sie sich das moderne Theater an. Da geschehen auf der Bühne Dinge, die geradezu unerhört sind, die schockieren. Schocken Sie, Igerl, enttabuisieren Sie. Klagen Sie an, greifen Sie ruhig auch einige unserer Politiker an, vielleicht machen Sie so etwas wie einen Schlüsselroman daraus. Das Zeug dazu, Igerl, haben Sie, ich sage es Ihnen. Und dann schlagen wir zu. Im übrigen, nur zu Ihrer Ermunterung, wir haben im nächsten Jahr, das erste Mal von unserem Verlag, einen Buchpreis für den erfolgreichsten Roman ausgesetzt, den Fürstenzeller Baamhacklpreis. Mit einer Hacke sollen Sie hineinschlagen, mit einer Hacke, verstehen Sie, Igerl. Nehmen Sie sich ruhig, sagen wir mal einfach, nochmals diese Gestalt des Obers vor, den Sie so meisterlich beschrieben haben, Sie wissen ja, den Mann, der die Suppe serviert und der wegen seines Rheumas den Daumen in der Suppe hat. Ich könnte mir vorstellen, das könnte so eine Art Schlüsselfigur in einem Roman werden, in dem es mehr um innen- und außen-, ja um weltpolitische Dinge geht. Lassen Sie die Drähte ruhig in diesem Lokal zusammenlaufen. Ein wenig Spionage ist natürlich immer gut, Sie wissen ja, welche Erfolge Simmel mit seinen Romanen hat. Denken Sie beispielsweise an ‚Und Jimmy ging zum Regenbogen'. Mein Gott, Igerl, es wird Ihnen schon etwas einfallen.“ Ruckdaschel blickte schon wieder nervös auf die Uhr und meinte: „Oh je, oh je, die Zeit“, und schon rannte er wieder, ohne gezahlt zu haben, davon. Er ließ einen völlig verwirrten Alfons Igerl zurück.

„Ja, was ist denn mit Ihnen heute?“ fragte die Anita den Alfons, als sie zum Abkassieren kam.

„Oh mei, Anita“, meinte der und wackelte mit dem Kopf, „daad Ihnen da was einfallen mit einem Essenslokal, da wo's um Spionage und Abhörgeräte geht?“

„Hörgeräte“, meinte die Anita, „da kann i Ihnen scho weiterhelfen. PassenS' auf: Ein Gast ist völlig außer Rand und Band und schimpft: ‚Das ist ja ekelhaft, was da in meiner Suppe liegt, das scheint ja ein völlig verdrecktes Hörgerät zu sein.' Da beugt sich der Kellner nach vorne und fragt: ‚Was haben der Herr gesagt?'“

In seinem desolaten Zustand verzichtete Igerl darauf, der Anita den Unterschied zwischen einem Hör- und einem Abhörgerät klarzumachen, und verließ, immer noch kopfschüttelnd, das Lokal.

Auf dem Nachhauseweg begegnete ihm sein alter Spezl, der Pfanzelt Maxe. „Ja, was is denn mit dir los?“ fragte der ihn. „Du schaugst ja trübsinniger drein wia a Uhu nach’m dritten Waldbrand. Geh weiter, jetzt kehr’ ma noch amal um und geh’ ma noch amal ins Volkarteck, und nachher erzählst mir bei a Halbe, was los ist.“
Der Igerl erzählte dem Maxe die ganze Geschichte von vorne. Der meinte am Ende des Ganzen lediglich lapidar: „Ja und, schreib halt was.“
„Ja, Du bist gut“, schimpfte der Alfons, „schreib halt was, i hab’ mi ja so scho fast leergschriebn.“
„Paß auf, jetzt machst nix anderes, Alfons, als wia daßd’ dir amal a paar Wochen lang die ganzen Skandalblätter bsorgst und die ganzen Gschichten über alle möglichen Leut’ sammelst, irgendwelche Leut’ aus Politik, Wirtschaft, Gesellschaft und so weiter. Des müßt’ doch mit’m Deifi zugeh’, wennsd da net eine Gschicht drum rum schreibn könntst.“ So aufgemuntert, folgte Alfons in den nächsten Wochen tatsächlich dem Rat des Pfanzelt Maxe. Und bei irgendeinem Stammtisch im Volkarteck, wo er am Nebentisch zwei etwas merkwürdige Gestalten beobachtete, die sich flüsternd miteinander unterhielten und sich irgendwas zuzuschieben schienen, kam ihm plötzlich eine Idee. Und ähnlich jenem griechischen Mathematiker, der damals „Heureka“ gerufen hatte, rief der Alfons plötzlich: „I hab’s“ aus, möglicherweise gar keine so schlechte Übersetzung dieses Wortes „Heureka“. Er rannte, ohne seine zwei Halbe bezahlt zu haben, nach Hause.
Alfons Igerl wurde einige Tage nicht mehr gesehen. Er hatte sich darangemacht, mit dem ihm zur Verfügung

stehenden Material einen Roman zu schreiben. Den baute er ganz geschickt auf: Ein harmloser Rentner namens Magerl (selbstverständlich identifizierte sich Igerl mit ihm) beobachtet und belauscht beim Essen zwei Männer, die sich irgendwelche geheimnisvollen Worte zuflüstern und irgendwelche seltsamen Gebärden machen. Magerl schnappt ein paar verdächtige Worte auf und bringt sie mit einem Verbrechen, das sich kurz darauf ereignet, in Verbindung. Im Verlauf des Romanes kommt es zu allen möglichen Enthüllungen über gesellschaftliche und wirtschaftliche Zustände. Magerl deckt schließlich ein Kapitalverbrechen auf, in das verschiedene prominente Zeitgenossen verstrickt sind. Den Schlüssel zur Aufdeckung der ganzen Tat aber findet Magerl in dem Lokal, in dem er diese beiden Männer das erste Mal beobachtet hat. Er findet nämlich auf der Speisekarte, wie weiland bei Agatha Christie in der Geschichte mit den zehn kleinen Negerlein, den Code, der alles offenbart. Auf der Speisekarte steht nämlich der schöne Werbespruch:

„Hast Du in dem Lokal gespeist,
dann bin ich sicher, daß Du weißt:
Nichts kann Dir jetzt mehr Deinen Glauben
ans wirklich Gute in Dir rauben.“

Keine Frage, daß in dem Roman vom Igerl Spionage, Rauschgift und dergleichen ebenfalls eine bedeutende Rolle spielten, und natürlich, wie ihm Ruckdaschel geraten hatte, auch diverse Perversitäten unserer Gesellschaft. Igerl schrieb in einer so offenen Sprache, daß er selber fast darüber errötete.

Nach ein paar Wochen war es dann soweit. Er hatte etwa 400 Seiten eines Romanes fertig, den er analog zu den langen Mario-Simmel-Titeln mit der Überschrift versah: „Es muß nicht immer Beuscherl sein". Igerl schickte seinen Roman per Einschreiben an den Döbler-Verlag und harrte gespannt der Dinge, die da kommen würden. Im Geiste sah er sich bereits mit dem Baamhacklpreis geschmückt.

Die Antwort dauerte und dauerte. Nach drei Monaten kam endlich ein Brief. Darin stand folgendes:

„Lieber Herr Igerl,
sicher erinnern Sie sich noch an unsere Bekanntschaft. Ich freue mich, daß wir auf Umwegen wieder zusammengetroffen sind. Der Döbler-Verlag ist leider in finanzielle Schwierigkeiten gekommen. Durch Zufall bekam ich das mit, da ich in letzter Zeit einiges Glück hatte. Unter anderem hat sich ein großer Konzern für meine Vierzeiler als Werbung interessiert. Da der Verlag bei mir außerdem noch einiges ausstehen hatte, habe ich zugegriffen und den Verlag aufgekauft. Da finde ich nun, lieber Herr Igerl, Ihren Roman vor. Ich halte ihn ja für ganz interessant und meine auch, daß da einiges drinsteckt. Aber wie schon das Wort ‚drinsteckt' ausdrückt – erinnern Sie sich noch an unser Gespräch: Das Wesentliche muß man mit wenigen Worten sagen. Sie sehen das an meinem derzeitigen Erfolg. So habe ich nun, hoffentlich mit Ihrem Einverständnis, folgendes gemacht: Ich habe die Kernaussage dieses Romans herausgenommen und sie über Ihren Kopf bei dem großen Ausschreiben eines Nobelrestaurants ein-

geschickt. Lieber, verehrter Herr Igerl, heute kann ich Ihnen die erfreuliche Mitteilung machen, daß Sie den ersten Preis gewonnen haben mit Ihrem Vierzeiler:

Hast Du in dem Lokal gespeist,
dann bin ich sicher, daß Du weißt:
Nichts kann Dir jetzt mehr Deinen Glauben
ans wirklich Gute in Dir rauben.

Sie haben einen vierzehntägigen Schlemmerurlaub im Hotel Dallmeister gewonnen. Herzlichen Glückwunsch und auf ein baldiges Wiedersehen, vielleicht bei einer gemeinsamen Abmagerungskur.

Ihr Ladislaus Anton Bätsch."

Der Allergiker

Das Zusammensitzen nach der Donnerstags-Kegelrunde im Volkarteck war für den Scherm Ade immer die beste Gelegenheit, seine Witze loszubringen, die er sich im Laufe der Woche aus irgendwelchen Illustrierten zusammengeschrieben und auswendig gelernt hatte. Gerade war er wieder dabei: „So, liebe Freunde, jetzt prüfe ich eure Intelligenz. Wißts ihr, warum ein Elefant grau, groß und runzlig is?"
Die Kegelspezis wackelten mit dem Kopf, denn selbst wenn einer die Lösung gewußt hätte, wollte man dem Ade seinen Spaß an der Pointe nicht verderben.
„Net?" lacht der. „Soll ich's euch sagn? Also, wenn der Elefant net grau, groß und runzlig waar, dann – hatschi – hatschii – hatschiii –"
Der Scherm Ade bekam einen furchtbaren Niesanfall und konnte die Pointe nicht mehr erzählen. „I woaß gar net, was mit mir los is", hustete er hervor, „es is furchtbar, i glaub', i hab' an Heuschnupfn. Letztn Donnerstag is' ma scho so ganga."
„Ham ma scho gspannt", lachte der Pfanzelt Maxe, „moanst, mir ham vergeßn, wia mia alle a Lebaknödlsuppn bstellt ham, und du hast an solchan Anfall kriagt, daß alle Knödl aus de Suppnteller abigflogn san. Ha, ha, ha."
Der Klein Pauli hatte sich an dem Gespräch nicht beteiligt und immer nur mit dem Kopf gewackelt.
„Was is denn mit dir los, Pauli?"
„I möcht' jetzt endlich wissn, warum a Elefant grau, groß und runzlig is."

„Geh", meinte der Pfanzelt Maxe, „des is doch a uralter Witz. Wenn er weiß, kloa und glatt waar, kaannt ma'n leicht mit a Kopfwehtablettn verwechseln."
„Feigling", meinte der Scherm, „jetzt hast ma de Pointe weggnomma, de wollt' doch i verzähln." Und schon wieder bekam er einen Niesanfall.
Als er sich wieder erholt hatte, fühlte er sich offensichtlich genötigt, wenigstens noch einen Witz zum besten zu geben. „Ihr kennts doch alle an Kornexl Josef vorn vom Eck, der wo so unterm Pantoffe steht." Ohne eine Antwort abzuwarten, fuhr er fort: „Der hat mir 's letzt' Mal folgendes erzählt: ‚Mei', hat er gsagt, ‚is des a Lebn, i hab' a so a schwere Arbat. In da Fruah um sechse geht's an, und dann steh' i in da Waschgarage. Den ganzn Tag muaß i nur Autos waschn, Autos waschn, Autos waschn und Autos waschn. Und wenn i hoamkimm, was find' i vor? A dreckats Gschirr, des wo i waschn muaß, und d'Waschmaschin' voll dreckerter Wäsch', de wo i waschn muaß.' ‚Ja, und', hab' i gfragt, ‚sag amal, du bist doch verheirat', was is'n da mit deiner Frau?' – Hatschi – hatschii – hatschii", entfuhr es ihm wiederum.
Die Stammtischspezln schauten ihn ungläubig an. „Ja, sag amal", meinte der Igerl Alfons, „des is ja bei dir direkt scho neurotisch. Jedsmal, wennst zur Pointe kommst, kriagst an Niasanfall. Bist du gega Pointn allergisch? Des waar was anders, wenn *mia* auf deine altn Witz' hin an Niasanfall kriagatn, denn an Lachanfall konnst ja bei uns net erwartn."
„Jetzt möcht' i aber doch wißn, wia's ausganga is", meinte der Klein Pauli, der wieder mit dem Kopf gewackelt hatte, „i kenn' den Witz nämlich no net."

„Also, Pauli“, klärte ihn der Pfanzelt Maxe auf, „wia der Herr Kornexl angeblich dem Ade vorgjammert hat, daß er abends an no ’s Gschirr und d’Wäsch’ waschn muaß und der gfragt hat: ‚Ja, und Eahna Frau?‘ – da hat der Kornexl gsagt: ‚Naa, de Gott sei Dank net, de wascht si selber.‘“

Nun schloß sich eine längere Debatte darüber an, was man denn dem Scherm Ade raten könne, der von sich behauptete, daß es eigentlich sonst unter der Woche nicht so schlimm sei, aber seit einigen Wochen habe er diese Anfälle fast regelmäßig nach dem Kegelscheiben, wenn er in der neugestalteten Stube des Volkartecks sitze.

„Dawei ham s’es jetzt so schee hergricht“, meinte er, „schaugts euch des nur o. Der neue Besitzer legt offensichtlich Wert auf Imagepflege da herin. Der alte hat’s aber aa ganz schee verrotten lassn, am Schluß zua.“

„Ja“, stimmten die Stammtischspezln zu, „es is a wahre Freud, seit der Neue drauf is, der woaß wenigstens, was er seine Gäste schuldig is. A kleanere Speiskartn hat er wia da Vorherige, aber dafür kimmt alles frisch auf’n Tisch. Und de Preise stimman aa no. Letzts Mal hab’ i a Wiener Schnitzel geßn, des hängt no richtig übers Teller runter, wia de draußn beim Baserl in Kirchasch. Was mi aber am meistn gfreut, is, daß er uns eigens an unsern Stammtisch de scheene Vasn voller Bleamen hergstellt hat. Des is a Service, des findst sonst bei koam.“

Nachdem der Scherm Ade noch einmal einige Anläufe mit Witzen unternommen hatte, aber regelmäßig die Schlußpointe verniest hatte, beziehungsweise sie ihm der Maxe vermiest hatte, indem er gleich rechtzeitig dem wißbegierigen Klein Pauli die Pointe erzählt und dann sogar noch interpretiert hatte, gingen die Kegel-

brüder nach Hause. Vorher aber hatte der Krautsieder Thomas noch fürsorglich gemeint: „Du, paß amal auf, Ade, ein Baserl mütterlicherseits hat so was Ähnlichs ghabt wia du. Bei dera war des ganz schlimm. De is zu x verschiedene Doktor ganga, und koana hat ihra gholfa. Nachher hat ihra vorigs Jahr a Cousin von ihram Mo, a gewisser Jürgen Röhling, der wo einige Zeit in China war, a Mittel aus China gebn, den Tigerbalsam, und damit hat se se jedn Abend vorm Einschlafn d' Nasn eingschmiert, und nach a Woch' war des ganze Teufelszeugs vorbei."
„Ja, und wo kriagt ma denn den Tigerbalsam?" wollte der schon wieder zu einem Niesen ansetzende, leidgeprüfte Scherm Ade wissen.
„Da gibt's doch jetzt gnua so chinesische Lädn bei uns in der Stadt. Übrigens, in der Lachnerstraß' hat jetzt aa a chinesischs Restaurant aufgmacht. Frag da, de wißn bestimmt Bescheid."
Der Scherm Ade aß am nächsten Abend im „Kung Wang Wu" in der Lachnerstraße zu Abend, obwohl er eigentlich mit dem chinesischen Essen bis dato nicht viel am Hut gehabt hatte. Der Scherm Ade war nämlich ein sehr konservativer Mensch, der immer dem Grundsatz huldigte: „Was der Bauer net kennt, frißt er net." Da saß er also vor einer ewig langen Speisekarte und wanderte mit seinem Blick unschlüssig zwischen den verschiedenen Gerichten aus Entenfleisch hin und her, deren Namen ihm im wahrsten Sinne des Wortes ziemlich chinesisch vorkamen. Oh mei, überlegte er sich, is des im Volkarteck einfach, da gibt's meistens nur an a paar Tag' im Jahr a Antn, und a Antn is a Antn. Höchstens, daß se da Pfanzelt Maxe oiwei aus

einer gewissen Penetranz heraus andere Knödl servіern laßt.
Wenn er nur den Ober hätte fragen können, was es mit diesen Wungs und Fangs und Jengs auf sich hatte! Aber, ob die wohl richtig deutsch konnten? Der Scherm Ade erinnerte sich, daß er vor Jahren als Bub einmal einen Karl May mit dem Titel „Der blaurote Methusalem" gelesen hatte, und darin kam ein gewisser Kapitän Turnerstrick vor. Dieser hatte vorgetäuscht, er könne chinesisch, indem er an alle deutschen Wörter ein „ing", ein „ang" oder ein „ung" anhängte. Aber diese Methode würde hier bestimmt nicht funktionieren. Oder vielleicht sollte er es doch probieren?
So rief er beim nächsten Mal dem Ober zu: „ Entschuldig*ung*. Speis*ung*."
Der Ober kam freundlich näher und meinte: „Bestel*lung*?"
Donnerwetter, überlegte sich der Ade, sollte der alte Turnerstrick doch recht gehabt haben? Nun, schaden könnte es ja nichts. Und so schaute er den Ober fragend an und meinte: „Empfehl*ung*."
Der Ober überlegte ein wenig und meinte dann lächelnd, indem er auf eine bestimmte Zahl in der Speisekarte hinzeigte: „Meine Mein*ung*."
Mei, was bleibt ma da no anders übrig, überlegte der Ade. So rief er dann nur lakonisch: „Bring, bring."
Nach relativ kurzer Zeit brachte der Kellner einen riesengroßen Teller mit undefinierbarem Zubehör. Der Ade schaute hilflos auf die gebrachte Speis*ung*. Gott sei Dank gab es wenigstens Messer und Gabel, denn er hatte schon befürchtet, noch mit Stäbchen essen zu

müssen. Skeptisch schob er sich die ersten Bissen in den Mund. Aber das Zeug schmeckte nicht einmal schlecht. An was erinnerte ihn das bloß? Ah ja, an das Gansjung, das er immer bei seiner Schwägerin, der Weithammer Burgl, bekam. Gansjung, überlegte er sich, vielleicht ist das auch ein chinesisches Gericht? Klingen tut es jedenfalls so: Gans-*jung*. Ob die Weithammers vielleicht sogar chinesisch kochten? Dann hätte er sie ja gleich wegen des Tigerbalsams fragen können. Oh jeggerl, der Tigerbalsam. Deswegen war er ja eigentlich hergekommen. Als er fertiggegessen hatte, rief er den Ober und meinte: „Bezahl*ung*, Rech*nung*." Er gab dem Ober ein für seine Verhältnisse größeres Trinkgeld, und als der freundlich seine „Danksag*ung*" murmelte, wagte der Ade die Frage: „Entschuldigung, habung Tigering Balsamung?"

„Einen Tigerbalsam?" fragte der plötzlich in lupenreinem Hochdeutsch. „Diese Pasten in einem kleinen Döschen zum Einreiben? Den bekommen Sie am Ende dieser Straße. Da ist ein chinesisches Geschäft, mein Herr. Grüßen Sie den Besitzer. Er ist mein Onkel. Auf Wiedersehen, mein Herr."

Der Scherm Ade schaute ihn mit großen Augen an. Ja, so was, überlegte er sich, spricht der so gut deutsch. Des wenn i gwußt hätt', hätt' i mi net so plagn müßn und mit eahm chinesisch redn.

Hocherfreut ging er in das Geschäft und besorgte sich vorsorglich gleich ein paar von den kleinen Döschen. Er konnte es kaum erwarten, bis er den Laden verlassen hatte. Dann machte er die Dose auf. Das Zeug roch sehr stark, aber nicht unsympathisch, und so schmierte er sich gleich eine ganze Menge um die Nase. Das tat er

nun regelmäßig während der nächsten Tage. Und tatsächlich stellte sich nicht der geringste Niesreiz mehr bei ihm ein.
Freudig kam er am Donnerstagabend wieder zur üblichen Kegelrunde. Alles schien bestens zu laufen. Kein einziger Nieserer, während er freudestrahlend ein paarmal rufen konnte: „Alle Neune!" – oder: „A Kranz, gell Alfons, da tuast di schwaar mit dem Saunagl" und so weiter.
Dann saßen sie also wieder am Stammtisch. Der Blumenschmuck schien ihm heute noch schöner als das letzte Mal. Und so begann er wieder den neuesten Witz, den er sich gerade aus irgendeiner Zeitung angelesen hatte, zu erzählen: „Geht der Gsottmeier zum Bauern: ‚Du, sag amal, was is denn mit deiner Schweinezucht wordn?' ‚Ja', moant der, ‚gar net so schlecht, bloß anfangs hat's mit dem Eber net so richtig 'klappt. Aber dann bin i zu unserm neuen Tierarzt, und der hat ein Supermittel aufgschriebn, und des hab' i eahm gebn. Da schau her', meint er zum Gsottmeier, ‚siehgst den Erfolg? An Haufa junge Fackerln!' ‚Tatsächlich', meint der Gsottmeier, ‚des is ja phänomenal. Sag amal, wia hoaßt'n des Mittel?' ‚Des Mittel ...'"
In diesem Moment packte den armen Ade wieder ein Niesanfall, der es in sich hatte.
„Ja, sag amal", meinte der Pfanzelt Maxe, „jetzt hab' i denkt, der Tigerbalsam hätt' gwirkt bei dir. Und jetzt geht's scho wieder los. Bei dir is ja Hopfn und Malz verlorn."
„Entschuldigung", meldete sich jetzt der Klein Pauli, „wia hat'n des Mittel jetzt ghoaßn? I möcht' den Schluß von dem Witz erfahrn."

Da der Ade immer noch nieste, sprang der Pfanzelt Maxe wieder einmal ein und erzählte zu Ende: „Ja, wia der Gsottmeier gfragt hat, wia des Mittel hoaßt, hat der Bauer gsagt: ‚An Namen woaß i net genau, aber es schmeckt nach Pfefferminz.‘“

Nach einer halben Stunde schien es beim Scherm Ade wieder etwas besser zu werden, und so fing er einen weiteren Witz an: „I hab' euch da neulich von dem Herrn Kornexl verzählt, der wo so unterm Pantoffe steht. Stellts euch vor, i woaß scho wieder was Neus von eahm. Neulich is er mir begegnet, und da hab' i zu eahm gsagt: ‚Na, wia geht's dahoam?‘ ‚Ja‘, hat er stolz gsagt, ‚jetzt hab' i mei Frau richtig im Griff. Kaum daß i ihr was oschaff, bringts' es scho. StellnS' Eahna vor, gestern abend bin i hoamkomma und hab' gsagt: *Bring mir a warms Wasser*, und kaum daß i's gsagt hab', hats' ma scho an ganzn Kübel voll higstellt.‘ ‚Na und‘, hab' i gfragt, für was brauchan Sie denn an warms Wasser?‘ ‚Mei, hat er gsagt ...‘“ – und da begann der Scherm bereits wieder anzusetzen, so daß die ganzen Stammtischspezln eiligst ihre Leberknödelsuppen in Sicherheit zu bringen suchten.

„Des is ja entsetzlich mit dir!“ meinte der Pfanzelt Maxe, und die anderen saßen da und wackelten mit ihrem Kopf. Nur der Klein Pauli fragte wieder: „Ja, und was hat er dann gsagt?“

„Mei“, meinte der Pfanzelt Maxe, „schaugst'n du net fern? Im ‚Gaudimax‘ war doch der Witz scho vor zwoa Jahr' dro. Wia er gsagt hat: ‚Warum brauchanS' von Eahna Frau a warms Wasser?‘, hat der gsagt: ‚Ja mei, weil i halt abends owei 's Gschirr abwaschn muaß.‘“

Dieses Mal gab der Alfons Igerl dem leidgeprüften

Scherm einen Tip: „Also, einem entfernten Vetter von mir, der hat so was Ähnlichs ghabt, dem hat oans gholfn, nachdem alle bisherigen Mittel total versagt habn. Der is a so daschrocka, daß mit dera Niaßerei ein für allemal Schluß war."

„Ein für allemal!" wiederholte der Pauli.

„Ja, und durch was is er dann daschrockn?" fragte der Maxe zurück.

„Mei, des is a ganz a berühmter Leichtathlet gwesen. Ein Stabhochspringer, du woaßt doch, was des is."

„Natürlich", meinte der Maxe. „Also, wia der Schlummberger Sebastian, so hat der nämlich ghoaßn, bei de Bayerischen Meisterschaften gstart is – as ganze Stadion war vollbsetzt und er is grad' dabei, daß er die Lattn bei fünf Meter fuchzge überquert, da fallt eahm plötzlich ei, daß er ohne Stab ghupft is. Kannst du dir vorstelln, wia der daschrockn is? Hi, hi, hi", lachte der Igerl über seinen eigenen Witz. „Aber im Ernst, Ade, i hab' des fei scho öfter ghört, daß a richtigs Erschreckn eine ganz heilende Wirkung ausübt. Probier's amal, laß di halt amal derschreckn. Schaug halt einfach in da Früah, wennst aufwachst, in' Spiagl nei. Des is bei dir gwiß koa Eitelkeit, sondern sowieso eine mutige Tat." Und wieder kicherte er drauflos.

Der Scherm Ade ging nachdenklich nach Hause. Er selber hatte auch schon einmal gehört, daß das mit dem Schrecken eine Heilwirkung haben könne. Aber wie sollte er es schaffen, in einen heillosen Schrecken zu geraten? Zu Hause angekommen, blätterte er die Zeitungen nach einem Horrorfilm durch. Das könnte es vielleicht sein. Da lief in dem alten, kleinen Flohkino, das es immer noch im Westend gab, der Film „Der

Schrecken der Nacht". Der entpuppte sich aber dann zum Schrecken des Max als eine harmlose Ehekomödie. Der Max schaltete im Fernsehen nur mehr die Titel ein, die ihm irgendwie Horror verhießen, aber er merkte sehr bald, daß er schon sehr abgestumpft war und daß die täglichen Nachrichtensendungen eigentlich viel erschreckender waren als das, was er in den konstruierten Horrorfilmen sah. Außerdem war er halt schon von seiner frühesten Jugend an ein Oktoberfest-geisterbahnerprobter Mensch, den so leicht nichts aus der Ruhe bringen konnte.

Den ersten richtigen Schrecken bekam er erst am Donnerstag beim Kegeln, als ihn der Pfanzelt Maxe mit der Hiobsbotschaft begrüßte: „Du, woaßt scho as Neueste? Ins Volkarteck soll a McDonald's 'neikemma. Jetzt muaßt as dann a bissl umstelln, deine Eßgewohnheiten. Aus is' mit deim Beuscherl, deiner Schlachtschüssel und ana Halben Dunkels. Da muaßt di umstelln auf a ‚McLüngerl', an ‚Bluten-Burger' und an ‚Muichshake'." Da half es dann auch nichts, daß ihm der Maxe später erklärte, daß es sich nur um einen verfrühten Aprilscherz gehandelt habe. Der Schrecken saß dem Ade in allen Gliedern. Aber das war's ja eigentlich, was er gewollt hatte. Jetzt konnte sicher nichts mehr passieren!

Dann, nach der Kegelrunde, saß er mit seinen Spezln gemütlich am Stammtisch, freute sich wieder über die schöne Blumenpracht, lobte den Wirt ob seiner Aufmerksamkeit und aß dann die hervorragende Schlachtschüssel. Schließlich wischte er sich genüßlich die letzten Reste davon mit der Serviette ab und meinte: „So, jetzt probiern ma's no amal. Paßts guat auf: Da kimmt oana in a Bar eine und sagt zu oam, der wo scho recht angeberisch ausgschaugt hat: ‚Sie, i hätt' a Rätsel für Eahna. WissenS', was des is? Des is rot wia a Burgunder, flach wia a Flunder, und brenna duat's wia Zunder.' ‚Des woaß i net', hat der gsagt. ‚SagnS' ma's.' ‚Des is ...'" Ob man's glaubt oder nicht, der Ade bekam wieder einmal seinen Niesanfall. Der Pfanzelt Maxe wartete gar nicht mehr ab, bis der Klein Pauli die obligatorische Frage nach der Pointe gestellt hatte, sondern fuhr fort: „Er hat gsagt: ‚Des is Eahna Sportwagn draußn aufm Parkplatz.'"

Der Ade probierte es aber noch einmal und begann: „Da kimmt die Frau Hackl mit ihrem Buam zum Psychiater. ‚StellnS' Eahna vor, sagts', unser Bua buid se ei, daß er a Parkuhr is.' ‚So, so', moant der, ‚aber warum sagt er denn des net selber ...'" – und schon ging der neue Niesanfall an. Als er einigermaßen abgeklungen war, meinte der Pfanzelt Maxe, an den Klein Pauli gewandt: „‚Geht net', hat de Frau Hackl gsagt, ‚der Bua hat wieder amal as Mäu voller Parkzehnerl.' Im übrigen bist du für mi", meinte der Pfanzelt Maxe zum Ade hin, „aa langsam ein Fall für an Psychiater."

„Du werst lacha", meinte der, „des hab' i mir aa scho überlegt. So jedenfalls geht's bei mir net weiter."

„Da hast recht", meinte der Alfons Igerl mitleidig, „schaug amal o, wia blaß du wordn bist in der letztn Zeit. I glaub', des is bei dir wirklich psychisch bedingt. Wia i 's letzte Mal an kloana Spaziergang gmacht hab' am Kanal 'nunter, bin i durch de Bothmerstraß' 'kommen, und da hab' i glesn, daß dort ein Psychotherapeut sei Praxis aufgmacht hat. I daad's amal probiern."

Der Ade wackelte zwar noch etwas unschlüssig mit

dem Kopf, aber als er am nächsten Tag im Spiegel sah, daß er wirklich furchtbar blaß geworden war, machte er sich doch auf den Weg und läutete in der Bothmerstraße auf Nummer 18 bei einem gewissen Dr. Dr. Edwin von Ringelen. Als der Ade das Wartezimmer betrat, saß nur ein Mann vor ihm, der alle paar Minuten heftig mit den Beinen auf den Boden klopfte.
Wie ihn der Ade etwas erstaunt anschaute, meinte der: „Wissen Sie, das muß ich einfach machen, das hält mir die Sibirischen Nebeltiger vom Leibe."
„Was", fragte der Ade erstaunt, „Sibirische Nebeltiger? Aber bei uns gibt's doch gar koane Sibirischen Nebeltiger."
„Na, sehen Sie", meinte der Mann, „wie gut meine Methode wirkt."
Nachdem er kurze Zeit im Wartezimmer gesessen war, holte ihn der Chef höchstpersönlich ab. „Na, was fehlt uns denn?" fragte der von Ringelen.
„Ja", antwortete der Ade, „ich leide da immer unter Niesanfällen."
„Aha", meinte der von Ringelen, „scheint eine psychoenergetische allergieflexible Neurodystonie zu sein. Meistens ist es dermatologisch", verkündete er dem erstaunt schauenden Ade. „Da brauche ich noch ein paar Vergleichspunkte an verschiedenen Hautstellen. Ziehen Sie sich doch einmal aus."
„Ganz?" fragte der Ade etwas schamhaft.
„Ja, selbstverständlich", gebot der Psychotherapeut. Als er nun den guten Ade in seinem wirklich erbärmlichen Zustand sah, blasser als ein Leintuch, meinte er: „Wissen Sie was, sehen Sie die orangefarbene Wand dort?"

„Ja“, erwiderte Ade, „freilich.“ Ihm war schon vorher aufgefallen, daß die Praxis eine orangefarbene, eine blaue, eine violette und eine grüne Wand hatte.
„So“, sagte der von Ringelen, „machen Sie mal vor dieser orangefarbenen Wand eine Brücke. Sie wissen doch, was das ist.“
Der Ade erinnerte sich dunkel an seine Turnstunden beim Lehrer Großmann und begab sich vor der orangefarbenen Wand in die entsprechende Stellung. „Gut, gut“, meinte der von Ringelen jetzt. „Und nun dasselbe vor der violetten Wand.“
Der Ade führte auch diese Anweisung pflichtgemäß aus. „Dasselbe vor der blauen Wand“, verlangte der Psychotherapeut. Auch das tat der Ade. „Und jetzt“, meinte von Ringelen schließlich, „noch vor der grünen Wand!“ Gehorsam, aber innerlich kopfschüttelnd folgte er der Anweisung des doppelten Doktors. Schließlich meinte er aber doch: „Sie, entschuldigenS’ bittschön, Herr Doktor Doktor, ist das jetzt schon der Anfang von der Antiniestherapie?“
„Nee, nee“, antwortete dieser seinem noch immer splitternackten Gegenüber. „Ich will nur eine weiße Ledercouch kaufen und wollte sehen, für welche Wand die am besten geeignet ist.“
Da platzte aber dem Scherm Ade der Kragen. „Ja moana Sie, daß i ...“, schrie er, zog sich an und verließ den verblüfft dreinschauenden Dr. Dr. von Ringelen. „Jetzt is’ aus mit dene blödn Behandlungsmethoden. Nix mehr chinesisch essen, nix mehr Tigerbalsam, nix mehr erschrecken und um Himmels Wuin koane Psychotherapeuten mehr!“ versprach er sich selber. „Des muaß doch irgendwas anders sei.“

So saß er am Donnerstag nach der Kegelrunde auf dem von Blumen so schön geschmückten Stammtischplatz. „Also, was is heut?“ wollte der Klein Paule wissen. „Hast heut koan drauf, oder traust dir nimmer?“
Also, probieren wollte er es zumindest. „In einem kleinen Sommerfrischort in Bayern fragt ein Nordgermane, ein Südschwede, den Hüterbuben: ‚Du, sag mal, Junge, stimmt das, was ich da gehört habe, daß es an diesem Ort besonders viele geistig Beschränkte geben soll?‘ ‚Ja, ja‘, meint der Hüterbub ...“ Natürlich folgte wieder ein Riesenniesanfall des Ade. Der Pfanzelt Maxe kündete, zum Klein Pauli gewandt, die Schlußpointe: „Ja, und auf des hin hat der Hüterbub gsagt: ‚Ja, stimmt scho, aber is net so schlimm. Nach vierzehn Tag' fahrn de meistn wieder hoam!‘“
In diesem Augenblick betrat ein Blumenverkäufer das Volkarteck, der natürlich bei seinem Blick auf den Stammtisch sofort merkte, daß er hier kein Geschäft machen würde. Der Pfanzelt Maxe konnte sich aber die boshafte Bemerkung nicht verkneifen: „Moanst, Ade, wenn i dir jetzt a paar Rosn kaufa daad und du daadst dro schmeckn, daßd' dann dei Allergie losweratst?“
Der Ade wollte mit irgendeinem Späßchen antworten, aber es ging wieder im Niesen unter. Da fiel es ihm gleichsam wie Schuppen von den Augen. Schon der Gedanke an die Blumen genügte offensichtlich, einen Niesanfall bei ihm zu erzeugen. Blumen – Blumen, das war's! Der Ade erinnerte sich, daß die ersten Niesanfälle just da begonnen hatten, als die Wirtschaft umgestaltet worden war. Er schaute sich den Blumenschmuck an. Richtig! Da waren ja auch Lilien dabei, von denen er doch wußte, daß sie besonders geruchs-

intensiv seien und daß das mit den Pollen und den Staubgefäßen zusammenhänge. „Jetzt hab' i's!" rief er. „Des san de Bleamen. Auf de bin i offensichtlich allergisch! Moants ihr", wandte er sich an seine Stammtischspezln, „daß der Wirt bös is, wenn ma'n bittn, daß er de Blumen wegaduad oder zumindestens weit weg von uns hinstellt?"
„Des kriagn ma scho hi", meinte der Pfanzelt Maxe, „wenn des dei kleanste Sorg' sei sollt'. Verlaß di drauf, des nächste Mal is der Stein des Niesanstoßes beseitigt."

So war es dann auch. Als sie am nächsten Donnerstag wieder gemütlich zusammensaßen, war der ganze Blumenschmuck entfernt. Der Ade hob zu einem neuen Witz an: „Heut verzähl' i euch a Rätsel. Da bin i gspannt, obs da draufkommts! Paßts amal auf: Unser Vorstand vom Gartenbauverein Flora, da Irl, hat an ganz an kurzn, im Gegensatz zu dem Bodybuilder, dem Schwarzenegger, der hat an ziemlich langen. De Schlagersängerin Madonna hat überhaupt koan. Jeder von uns alte Dackln in dera Rundn hat aa oan, aber mir gebraucha eahm seltn. Und jeder Ehemann hat oan. Und gebrauchn duad'n aa die Ehefrau. Was is des?"
Ein jeder in der Kegelrunde schaute etwas betreten zur Seite, als der Ade fragte: „Also, Freunde, was is des? Soll i euch des Ganze nomal wiederholn?"
Der Alfons murmelte lediglich ein: „Also, woaßt as!"
Der Ade genoß das Schweigen, vor allem aber, daß ihn kein Niesanfall bei seiner Antwort störte. „Also, ihr seids scho seltne Flaschn. Des is doch ganz einfach: Des is der Familienname. Oder was habts'n ihr euch denkt?"

Ja, und so nehmen jetzt wieder jeden Donnerstag die Kegelrunde und der darauffolgende Stammtisch ihren gewohnten Verlauf, und geniest wird allenfalls, wenn der Ade mit seinem besonders herben Schnupftabak, in dem noch nach einem alten Geheimrezept fein zerriebene Glasscherben enthalten sind, seine Schleimhäute reizt.

Beinahe hätte ich es aber vergessen: Der Ade wollte vom Pfanzelt Maxe auch wissen, wie der Wirt reagiert habe, als er ihn gebeten habe, den schönen Blumenschmuck vom Stammtisch zu entfernen. „War er beleidigt“, fragte er, „und was hat er denn gsagt?“
„Ja mei“, lachte der Pfanzelt Maxe, „er hat gmoant, des waar doch net so schlimm. Es san doch sowieso nur künstliche Blumen gwesn.“

Der Bescheidene

„Bescheidenheit ist eine Zier“, deklamierte Alfons Igerl am Stammtisch im Volkarteck, als das Gespräch wieder einmal auf einen Spezl, den Wiesele Buale kam. „Bescheidenheit ist eine Zier“, wiederholte er.
„Doch weiter kommt man ohne ihr“, reimte der Pfanzelt Maxe grammatikalisch nicht ganz richtig.
„Er ist ja ein so lieber Kerl, der Buale, aber er müßt’ halt ein bißchen mehr aus sich machen. Manchmal hat man den Eindruck, dem Buale seine Bescheidenheit ist schon fast eine Manie, so wie bei der einen Geschichte, die wo ihr sicher alle kennt, wie der alte Greiner-Bauer im Sterben gelegen ist. Alle sind sie an sein Sterbebett gekommen, und jeder hat etwas Nettes gesagt: ‚Immer war er freundlich‘, hat der eine gemeint, der andere: ‚Und freigebig war er auch‘, ‚gell, und lustig hat er sein können‘, ‚ein freundlicher Mensch ist er gewesen‘, ‚nett war er zu allen‘. Und so ist es weitergegangen. Als sie schließlich mit ihren Lobsprüchen zu Ende waren, hat der Greiner-Bauer noch einmal die Augen aufgemacht und gemeint: ‚Ganz was Wichtiges habts vergessen. Meine Bescheidenheit.‘“
„Meinst“, fragte der Pfanzelt Maxe, „daß es beim Buale auch so ist, daß er uns aufmerksam machen will auf seinen Scheffel, den er immer unters Licht stellt? Vielleicht will er uns lediglich dazu bringen, daß wir etwas Gutes über ihn sagen, weil er es sich selbst nicht zu sagen traut.“
„Das glaube ich nicht“, überlegte der Alfons, „ich kenn’ den Buale ja nun schon seit ewiger Zeit.“ Der

Buale war nämlich schon fast ein Siebziger, und er hatte den Namen Buale noch immer beibehalten. „Irgendwie", meinte Igerl, „wär's an der Zeit, daß er in seinen späten Jahren noch ein bisserl mehr aus sich macht."

„Wißts was", mischte sich da der Erwin Obst ins Gespräch, „ich hab' grad' im ‚Grünen Blatt' gelesen, daß es da jetzt Fernkurse gibt, wie man was aus sich machen kann. Da hat irgend so ein Guru etwas auf Tonbandkassetten geredet. Und die garantieren einem, daß man nach dem Kurs plötzlich ein ganz anderer Mensch ist. Einen solchen Kurs könnten wir doch dem Wiesele Buale zu seinem Siebzigsten schenken. Wir wissen sowieso nicht, was wir ihm geben könnten."

Gesagt, getan. Der Kurs kostete 149,95 DM, und bei dem Geburtstagsfest, das der Wiesele, in aller Bescheidenheit natürlich, im Volkarteck abhielt, überreichte Alfons Igerl ihm die Kassetten mit Beiheft.

„Geh, was soll ich denn mit einem solchen Blödsinn?" lachte der Buale.

„Jetzt horch dir's zumindest einmal an, vielleicht bist uns noch dankbar." Und der Eisenberg Schorsch, der schon wieder einmal ein bis zwei Halbe zuviel getrunken hatte, meinte etwas unpassend: „Schau, daßd' was wirst, nix bist nämlich scho."

Was keiner erwartet hatte: Der Kurs schien zu wirken! Das offenbarte sich schon in der äußeren Erscheinung des Buale. Plötzlich kleidete er sich ganz anders und modisch. Er trug sogar ein Seidenhemd mit poppiger Krawatte und kaufte sich eine lila und eine orangefarbene Jacke. Bei einem Stammtischabend meinte er ein-

mal so beiläufig: „Geh, sagts doch net immer Buale zu mir! Eigentlich heiße ich ja Richard, Richard Wiesele, das klingt doch ganz anders als ‚der Wiesele Buale‘.“
Weiß der Kuckuck, was dem Buale der Guru auf der Kassette eingeredet hatte, jedenfalls bildete er sich allmählich ein, sogar etwas Besonderes zu sein. Der Auslöser war möglicherweise gewesen, daß er bei einer Stammtischfeier zunächst etwas verschämt ein Liedlein angestimmt und daß der Alfons Igerl ihm ermunternd zugenickt hatte, indem er meinte: „Du hast eigentlich a ganz a guate Stimm', Buale, äh, ich mein' natürlich, Richard.“
„Gell, da schauts“, meinte der selbstbewußt. „Ja, ich hab' schon früher im Schulchor in der Boschetsriederschul' mitgesungen. Eigentlich hat mir mein Lehrer damals schon eine große Gesangskarriere vorausgesagt.“
„Was nicht ist, kann ja noch werden“, ermunterte ihn der Pfanzelt Maxe halb ironisch, „mußt halt Gesangsunterricht nehmen. Bei mir im Rückgebäude wohnt die Frau Wagner-Barthel, die hat früher im Chor vom Gärtnerplatztheater gesungen, und die gibt Gesangstunden. Soll ich dich anmelden?“
Was ebenfalls keiner geglaubt hatte: Der Wiesele nahm das Angebot ernst und nahm tatsächlich Gesangstunden bei der Frau Wagner-Barthel. Von nun an ließ er keine Gelegenheit aus, bei irgendwelchen Anlässen, gleich ob es sich um ein Sommerfest im Kleingartenverein „Flora“ oder um eine Adventsfeier handelte, seine Stimme erschallen zu lassen. Obwohl es damit nicht besonders weit her war, traute sich keiner der Stammtischspezln, ihm das zu sagen.

Der Wiesele bildete sich aber immer mehr ein, ein großer Sänger zu sein, und gab sich bei Auftritten nicht mehr mit seinem Namen Richard Wiesele zufrieden, sondern nannte sich inzwischen Ricardo Pratero. Kein Wunder, daß nun seine Spezln hinter seinem Rücken bissige Bemerkungen machten. Wie zum Beispiel der Eisenberg Schorsch: „An am Schwan sollt' sich der Buale ein Beispiel nehmen." Die Stammtischfreunde nannten den Ricardo natürlich unter sich immer noch Buale. „An am Schwan sollt' er sich ein Beispiel nehmen. Schwäne singen nämlich immer erst kurz bevor sie das Zeitliche segnen."

Und der Pfanzelt Maxe hatte einen Witz, den er vor einiger Zeit gehört hatte, einfach auf den Buale umgemünzt: „Habts des scho ghört? Wie der Buale sein erstes Gastspiel im Urwald 'geben hat, da hat er ein Lied gsungen, und wie er damit fertig war, haben die Einheimischen immer ‚Umba, umba' gschrien. Auf das hin hat er noch ein Lied gesungen, und die Einheimischen haben wieder gebrüllt: ‚Umba, umba'. Und unser Ricardo hat sich immer mehr hineingesteigert, hat noch ein Lied, noch ein Lied und noch ein Lied gesungen, und jedsmal haben die Urwaldindianer ‚umba, umba' geplärrt. Als der Buale dann völlig erschöpft war, hat ihn der Häuptling von dem Stamm in die Hütte gebracht, die eigens für ihn reserviert war. Auf dem Weg dahin sind sie an der Stelle vorbeigekommen, wo untertags die Kühe und Schweine weiden. Da hat der Häuptling den Ricardo ganz fest gehalten und gesagt: ‚Du müssen aufpassen, daß du nicht treten in Umba, umba.'"

Die Idee vom Sängerdasein hatte sich beim Wiesele Richard aber immer mehr zur fixen Idee entwickelt, und die Leute machten sich bereits über ihn lustig. Da trat der Kriegsrat der Stammtischler im Volkarteck wieder einmal zusammen. Unter der Gesprächsführung des Pfanzelt Maxe überlegten sie, was zu tun sei. „Wir können ihm doch jetzt nicht so brutal sagen, daß es nichts ist mit seiner Gesangskarriere, da bricht er uns doch total zusammen."

Der Obst Erwin hatte schließlich eine Idee: „Wie wär's, wenn wir ihn auf irgendein anderes Gleis brächten, wo er sich auch noch irgendwie hervortun könnte? Alfons, du bist doch ein Dichterling, kannst ihm net helfen, daß er sich ein wenig schriftstellerisch betätigt? Da richtet er womöglich weniger Schaden an als bei seiner Singerei."

Die Spezln entwarfen einen ausgeklügelten Schlachtplan, der damit begann, daß man dem Richard kleinere „schriftstellerische" Pöstchen zuschanzte. So wurde er mit überwältigender Mehrheit zum Schriftführer des Gartenvereins „Flora" gewählt, und er durfte natürlich auch die Jahreschronik für den Verein schreiben.

Ob man es glaubt oder nicht, der Ausflug ins Schriftstellerische artete genauso aus wie der in die Sängerbranche. Der Richard kam sich immer besser und besser vor und bildete sich nun tatsächlich über kurz oder lang ein, ein bedeutender Schriftsteller, ja sogar ein Dichter zu sein. Das Allerverrückteste war, daß er sich sogar angewöhnte, im sogenannten Hochdeutsch zu reden, und zwar in einer ganz gespreizten Sprache. Alle Daumenlang hielt er nun beim Stammtisch Vorträge, die meist mit einem ziemlich langen Gedicht endeten. Wenn er

einmal seine Ergüsse schriftlich von sich gab, unterschrieb er sie jetzt mit seinem neuen Künstlernamen, den er sich zugelegt hatte: Er nannte sich jetzt Rick van der Wiesen. Im übrigen behauptete er ganz stolz, herausgefunden zu haben, daß einer seiner Vorfahren im Mittelalter ein bedeutender Minnesänger gewesen sei und „von der Aue" geheißen habe. Da sei dann später das lächerliche ‚Wiesele' daraus geworden.
Hatte der Buale am Anfang noch einigermaßen verständlich gesprochen und geschrieben, ja konnte man ihn sogar zur Not noch dazu gebrauchen, bei einem Stammtischausflug für irgendein Gästebuch bei einem Wirt einen Vierzeiler zu entwerfen, so verstieg er sich jetzt immer mehr in eine – zumindestens für seine Spezln – unverständliche Schreib- und Darstellungsweise. Er schrieb alles klein und untereinander, er gebrauchte auch überhaupt keine Satzzeichen mehr, weil das – wie er meinte – ein Kennzeichen unserer modernen Literatur wäre. Von einer Minute zur anderen wechselte er aber dann wieder seine Darstellungsweise und gab, um, wie er monströs meinte, das Gewissen des Volkes wachzurütteln, gereimte Lebensweisheiten zum besten, wie:

Der Nacht verborgen dunkler Steg,
des Dämmerschattens finstrer Weg,
der sich im rauhen Schwarz verflicht,
ist's, der des Hellen Lügen bricht.

Mit solchen und anderen Zeilen versuchte der Rick nun an die Öffentlichkeit zu treten. Aufgrund mangelnden Interesses derselben verlegte er seine Lesun-

gen aber immer häufiger in die Stammtischabende, was den bissigen Eisenberg Schorsch veranlaßte, zum Alfons Igerl hinüberzuflüstern: „Sprache hat er koane, der Buale, aber die beherrscht er glänzend."
Rick van der Wiesen gab nun seine Epigramme, nachdem er sie vergeblich einigen Verlagen angeboten hatte, auch im Selbstverlag heraus, denn er hatte plötzlich ein ungeheures Sendungsbewußtsein und wollte seine Dichtkunst unters Volk bringen und möglichst weit verbreitet wissen.
Doch als es den Stammtischspezln nach einiger Zeit zu dumm wurde, nahm ihn der Pfanzelt Maxe einmal beiseite und sagte ihm ganz brutal die Wahrheit über seine Dichtkunst. Das verfehlte seine Wirkung nicht: Der Richard beendete mit einem Schlag seine schriftstellerische Karriere, suchte sich aber gleich wieder ein neues Betätigungsfeld.

Ich will es ein wenig abkürzen. Die nächste Station war, daß sich der Wiesele Buale als Politiker versuchte, eine eigene Partei gründete und allen stolz verkündete, Minister werden zu wollen. Das kommentierte der Schorsch sarkastisch mit der Bemerkung: „Da hast recht, des is der oanzige hochbezahlte Posten, den wo aa Unglernte ausüben könna." Der Buale legte sich den Namen „Richard von Wiesecker" zu und nannte seine Partei PGDGP, die „Partei gegen die Gründung von Parteien", deren Wahlprogramm aus folgenden Punkten bestand:

a) Abschaffung aller Parteien,
b) Abschaffung der Hundesteuer (der Buale hatte zwei Hunde, einen Schnauzer und einen Dackel),

c) Einführung einer Knoblauchsteuer (der Buale konnte Knoblauch nicht ausstehen),
d) Verabschiedung eines „Grünen Planes“, einer Subvention für Kleingärtner in Milliardenhöhe,
e) Ächtung des Schafkopfens als unerlaubtes Glücksspiel (der Buale hatte das letzte Mal beim Schafkopfrennats im Volkarteck 14,50 DM verloren und diese bis heute noch nicht bezahlt. Es handelte sich also um ein Notstandsprogramm),
f) dauerhafte Sicherung des Weltfriedens.

Die politische Karriere des Richard scheiterte ebenso wie die Gesangskarriere an der mangelnden Stimme, die er im ersten Fall nicht hatte, im zweiten Fall nicht bekam. Am Stammtisch allerdings führte er sich schon so auf, als wäre es nur noch eine Frage der Zeit, wann er der neue Staatschef in einem Staate würde, in dem dann jeder, wenn es nach ihm ginge, nur mehr das tun dürfe, was er tun müsse. Er sei schließlich, so betonte er immer wieder, einer der besten Köpfe in diesem Lande. Das hatte den boshaften Schorsch zu der Bemerkung veranlaßt: „Ja wenn du die besten Köpfe lediglich vorm Spiegel suchst ...“

Die nächste Station in der „Karriere“ des Richard Wiesele war dann die des Kameramannes. Der Buale war ein leidlich guter Fotograf, und seine Stammtischspezln hatten den Richard in ihrer Verzweiflung, für ihn ein neues Betätigungsfeld zu finden, zum Stammtisch- und Florafotografen hochstilisiert. Auch das stieg dem Buale sehr schnell zu Kopfe, und er fühlte sich, nachdem er sich eine Videokamera zugelegt hatte,

bereits als Deutschlands bester Kameramann, ja als Filmemacher.
Ich brauche nicht auszuführen, wie sein neues Hobby den Stammtisch wiederum nervte. Die folgende Geschichte beschreibt bereits das Ende seiner Karriere.
Die Stammtischspezln schauten sich an einem Mittwochabend gerade im Volkarteck eine Fußballübertragung an. Als es in die Pause ging, schob der Richard, der sich inzwischen Richy Richcock nannte, eine Kassette ein. „Und jetzt erlebt ihr eine Weltaufführung“, verkündete er seinen Stammtischspezln, „holts amal die Wirtsleut' her.“ Diese kamen sofort. Und der Buale erzählte, daß er auf Bitten des Wirtsehepaars den großen Familienfesttag, ihre Silberne Hochzeit, gefilmt habe. Zu der seien auch die vier Töchter, auf die das Ehepaar so stolz war, erschienen. „Also“, kündigte er seine Videokassette an, „so was Wunderschönes habts noch selten gsehn. Ich bin überzeugt, wenn man den Film einschicken tät', tät' ma an Oscar dafür bekommen.“
Als die Kassette gerade ein paar Minuten gelaufen war, kam der Pfanzelt Maxe, der kurz draußen gewesen war und den im Fernsehen üblichen Pausenfüller in Form von Werbung erwartete, zurück. Er schaute kurze Zeit auf den Bildschirm und rief dann entsetzt: „Ja, sagts amal, was is denn mit unserer Werbung los? So gräusliche Modelle wia die da hab' i ja noch nie gsehn!“
Der Stammtisch brauchte einige Zeit, um sich bei den Wirtsleuten wieder einzuschmeicheln, aber die Karriere des Richy Richcock war damit auch beendet.

„Geben daad i was drum“, meinte eines Abends der Alfons Igerl, „wenn der Buale wieder ein ganz vernünftiger, bescheidener Stammtischspezl werden tät’. Seit mir eahm den Kurs ’gebn habn, ist es eine einzige Katastrophe mit ihm. Er ist ein richtiger Hochstapler wordn und ein Angeber noch dazu.“
Und der Pfanzelt Maxe meinte: „Mi daads net wundern, wenn der sich sogar in sei Scheibenwischanlage an Sekt neidoa daad. Der hat doch ein Brett vorm Hirn und meint lediglich, daß dasselbe noch aus Teakholz is. Bevor dem seine Hochstapelei noch böse endet, müaß ma was doa.“ So beschlossen sie, ihm auf Stammtischkosten das neueste Erfolgsprogramm des Gurus auf Tonbandkassette zu spendieren, das den Namen trug: „Ich heile Sie von allen Komplexen“. Richard versprach hoch und heilig, daß er sich den Kurs zu Gemüte führen werde.
Nach einer Woche sprachen sie ihn beim Stammtisch darauf an. „Also, was is, hat’s was gholfen oder bildst dir scho wieder was Neues ein, wersd’ bist?“
„Nein“, meinte der Richard, „der Kurs war ein durchschlagender Erfolg.“
„Ja, aber warum schaust denn dann so grantig und so traurig?“ wollte der Pfanzelt Maxe wissen, „i hab’ mir denkt, des freut di, daßd’ geheilt bist von deine Zwangsvorstellungen.“
„Ja mei“, meinte der niedergeschlagen und resigniert, „der Kurs mag ja ein Erfolg gewesen sein, aber schauts mi o. Vor einiger Zeit bin i noch einer der erfolgreichsten Sänger der Welt gwesen, dann war ich ein ‚Poeta laureatus‘, ein lorbeerbekränzter Schriftsteller, dann ein Staatschef und schließlich noch ein oscarreifer

Filmemacher, ein Ricardo Pratero, ein Rick van der Wiesen, ein Richard von Wiesecker und schließlich ein Richy Richcock. Alles war i. Und was is mir bliebn, was bin i jetzt? Ein Niemand, der Wiesele Buale. Aber was soll's", fügte er hinzu, „schwoam mas abe!"

Nichts mehr original

„Pfui Deife“, schimpfte Alfons Igerl und legte die Zeitung weg. „Wennst des da liest, was heutzutag in de Lebensmittel alls drin is. Da schaug her“, sagte er und zeigte mit dem Zeigefinger auf den eben gelesenen Artikel: „Im Fleisch san Östrogener drin, in der Wurst Nitrine, im Wein drinna Dioxide. Da kimmst dir glatt vor, wennst zum Essen gehst, wia wennst in am Chemielabor drinhockatst. Am besten waar's, ma daad gleich überhaupts aus dem Reagenzglas essn und trinkn. Wenn i da an früahra denk'!“
„Ja, mei“, versuchte ihn sein Gegenüber, der Pfanzelt Maxe, zu beschwichtigen, „wir leben halt in einem industriellen Zeitalter, schau. Da is halt alls a bisserl anders. Des darf ma net so einseitig sehng wia du. Schau, de meistn Mittel san ja für was guat. Mit de Konservierungsstoffe haltn sich de Sachn einfach länger. Früahra is des Zeugs alles schnell kaputtganga, und du hast as wegschmeißn müaßn, oder ma hat se an Magn verdorbn oder a Wurst-, Fleisch- oder Fischvergiftung kriagt!“
„Geh zua“, konterte Igerl, „erstens hat ma halt früahra alls zsammgeßn, so lang's frisch war, und wenn ma wirklich was Alts 'gessn hat, war ma selber schuid. Heutzutag bist aber geradezu verurteilt, daßd', wennst was essn möchst, Giftstoffe in dich aufnimmst. Des warn no Zeitn, wo de Giftmischer verurteilt worn san.“
„Du mit deine früahran Zeitn“, meinte der Pfanzelt, „du hast manchmal an richtign nostalgischen Fimmel.“

„Stimmt doch“, schimpfte der, „des meiste is nimmer Natur, fast nix mehr is echt, net bloß beim Essn, überall is des heut a so. Überall des Zeugs aus der Retorte, Kunststoff, Kunstdünger. Jetzt spuins’ sogar schon auf am Kunstrasn Fuaßball. Richtig rasend kanntst da wern, wennst nix Echts mehr siehgst oder zum Essn kriagst.“

„I woaß aber was, was no echt is“, meinte der Pfanzelt schmunzelnd.

Igerl schaute fragend.

„Oans is allerweil no so echt wie früahra“, grinste der Maxe witzig: „der Kunsthonig, ha, ha!“

Igerl verzog nicht einmal das Gesicht. „I woaß gar net“, sinnierte er, „wo ma heuer unsern Vereinsausflug mit unserem Heimgartenverein hinmacha solln. Jeds Jahr hab’ i mi oiwei auf a guats Essn in a nettn Wirtschaft zum Schluß gfreut, aber wenn i des a so lies, vergeht mir jetzt scho der Appetit.“

„Wegen dem Ausflug, da brauchst dir nix denken“, tröstete ihn der Pfanzelt Maxe. „Da hab’ i scho recherchiert.“

„Was hast?“ fragte Igerl.

„Recherchiert, mi umgschaugt halt. Da hab’ i an Geheimtip, an Jahrhunderttip kriagt von meim Cousin, am Mayereder. Des is a Kenner von alle möglichen Oasen, de wo’s bei uns in Bayern no gibt. Und der hat mir scho vor am Jahr gsagt, mia solltn amal nach Engelpolding zum ‚Alten Wirt‘ fahrn, da daad ma uns bloß a so wundern. Der Alte Wirt schlacht’ selber, und er hat no an Hof, wo er alls selber zücht’: as Viech, Kartoffe und Gmüas. Und dunga duad er allerwei no mit am echtn Naturodl. Alles echt und net künstlich.

Du werst dei wahre Freud dro habn. Sogar 's Brot bachans' no selber in so am altn Backhaus im Hof. A richtiger Biobetrieb, ganz modern, progressiv. Der ‚Alte Wirt' is der reinste Urgrüne."
Igerl dachte kurz darüber nach, wie verrückt es doch eigentlich auf dieser Welt zugehe und wie sich die Begriffe wandelten. Was gerade noch altmodisch im Quadrat klang, das ist heutzutage das Aktuellste und Modernste schlechthin. Ma muaß bloß abwartn können, na is ma wieder total „in", dachte er sich und hätte sich sicher als Avantgardist gefühlt, wenn er mit diesem Wort etwas hätte anfangen können. So begnügte er sich mit einem „Was hab' i dir oiwei gsagt, da siehgst as wieder amal". Als der Maxe noch hinzufügte, daß auch noch der ganze Rahmen, das Haus und die Wirtsstube einfach und schlicht und alles no von früahra sei, sogar mit am alten Ofn drin, schlug sein konservativ-progressives Herz in der Vorfreude noch höher. Bei der nächsten Versammlung der „Flora" hielt der Igerl eine so glühende Ansprache für den „Alten Wirt" in Engelpolding, als ob er dort ständig Stammgast wäre. Die Rede hinterließ einen solchen Eindruck, daß der Beschluß, den Ausflug dort ausklingen zu lassen, einstimmig gefaßt wurde.

Der Ausflug ins Erdinger Hinterland fand leider bei strömendem Regen statt. Um so mehr freuten sich die „Florianer" auf den vom Pfanzelt Maxe so gepriesenen „Alten Wirt", allen voran Alfons Igerl. Es lief ihm im Vorgeschmack des Schweinsbratens mit echten handgeriebenen Kartoffelknödeln das Wasser im Mund zusammen.

Um 19 Uhr hielt der Kleinbus in Engelpolding vorm „Alten Wirt“. Als man die Gaststube betrat, meinte der Pfanzelt Maxe: „Ui, i glaub’, de ham renoviert.“ Tatsächlich mußte eine größere Veränderung gegenüber früher stattgefunden haben. Die Einrichtung bestand nun aus jenen so häufig in Wirtschaften zu findenden Möbeln im imitierten rustikalen Stil. An der Wand hingen irgendwelche Nachahmungen von alten Schützenscheiben, und auf den Tischen standen in Plastikvasen Plastikblumen. Die künstliche Beleuchtung kam aus nachgemachten Stallampen, in denen Neonröhren brannten. Durch den Raum klang Zithermusik, die offenbar vom Tonband kam.
Ein Ober mit dunklen Locken, in einem Pseudo-Miesbacher Trachtenanzug, begrüßte die eintretenden Gäste mit einem „Guaten Tag“.
„Ui, den kenn’ i“, flüsterte der Maxe dem Alfons zu, „des ist der Jonny, der hat früahra im ‚Eastside‘ als Barmixer g’arbat, ja so was!“
Dem Alfons Igerl blieb die Luft weg: „Also, wenn des echt sei soll da herin, na friß i an Besn mitsamt der Putzfrau“, masselte er an den Maxe hin.
„Mei, so schlimm is’ aa net“, meinte der, freilich schon etwas verunsichert. „Der Wirt werd halt des alte Graffe ’nausgschmißn habn, vielleicht ist der Holzwurm drin gwesn. Aber wart amal aufs Essn, na vergeht dir dei Grant scho wieder.“
Der Ober brachte unter den kritischen Augen von Igerl eine Speisekarte in Kunstleder, aus der dieser sich skeptisch seine Mahlzeit bestellte. „A Bier, aber vom Faß, a Leberknödlsuppn, an Schweinsbratn mit Knödl und Salat und a Nachspeis’.“

Der Ober servierte dem kopfschüttelnden Alfons Igerl der Reihe nach ein Bier aus der Flasche, eine Leberknödelsuppe, die unschwer als Büchsenerzeugnis zu erkennen war, einen Krautsalat, der garantiert aus einer jener riesigen Haushaltsdosen stammte, und einen sicherlich aufgetauten Schweinsbraten mit Packerlsoß. Klar, daß die Knödel keine handgeriebenen und die Nachspeise ein Pudding mit künstlichem Aroma war, auf den der Ober vorm Servieren noch einen Schuß Schlagrahm aus der „Sahnespritzdose" gezischt hatte. Igerl stocherte mürrisch in den dargereichten Speisen, mit bitterbösen Blicken auf den Pfanzelt Maxe, aß aber getreu dem alten Spruch „Liaba an Magn verrenkt wiar am Wirt was gschenkt" alles auf. Zwischendurch grantelte er, die Stimme des Maxe nachahmend, immer wieder zu diesem hinüber: „Alles echt, alles original, nix künstlich!" Wie's der Teufel haben will, entdeckte Igerl in dem Schlagrahm noch ein dunkles, gekräuseltes Haar, zweifelsohne vom Ober. Als schlagkräftigste Bestätigung des Reinfalls hielt er es dem Pfanzelt Maxe unter die Nase, und geradezu masochistisch triumphierend höhnte er in einem Anflug von Galgenhumor: „Alles original, alles echt. Da, da, des is des oanzig Echte, des wo i da herin kriagt hab'."

Die Fahrt endete in ihrer vertrauten Wirtschaft, dem Volkarteck, wo der Maxe dem Alfons als Buße ein paar Halbe frisch vom Faß spendierte. Und da konnte er dem inzwischen längst wieder beruhigten Alfons ein Geständnis machen: „Du, Alfons, des mit dem Haar vom Ober, du woaßt scho, daß des des oanzig Echte war, stimmt übrigens aa net. Der Jonny, du woaßt scho, der neue Kellner vom ‚Alten Wirt', der hat nämlich, des woaß i ganz gwiß, a Toupet."

Aberglauben

„HamS' heute scho Eahna Horoskop gelesen, Herr Igerl?" begrüßte die siebengescheite Olga Gögelein den Rentner Igerl in seiner früheren Wirkungsstätte, wo er zur Zeit in der Registratur aushalf. Olga Gögelein hatte damals, als er schon das letzte Jahr bei der Firma arbeitete, als Bürolehrling angefangen.
„Geh, des wissenS' doch no von früahra, Fräu'n Gögelein, daß i nia Horoskope lies und von dem ganzen Zeugs nix halt'."
„Am 25.11. sanS' geboren, gell", fragte diese aber unbeirrt weiter.
„Des wissen Sie no?" stellte Igerl erstaunt und fast ein bißchen geschmeichelt fest.
„Wer sich intensiv mit solchen Sachen befaßt, der kennt seine Umgebung. Das ist das erste, was ich tu', wenn ich mit jemand zu tun hab', daß ich mir seine Geburtsdaten merk', dann weiß ich genau, wie ich mit dem Betreffenden dran bin. Das dürfenS' mir glaubn, Herr Igerl, da ist man vor allen bösen Überraschungen sicher und kennt seine Leute."
„Also, Fräu'n Gögelein, spätestens nach der Astro-Show mit der Dingsda, der Madame Therese oder wias' ghoaßn hat, hat doch der Dümmste gspannt, daß des alles a Kaas is."
„Na haltn Sie aa gar nix von andere übersinnliche Dinge? Glaubn Sie aa net an parapsychologische Phänomene?"
„I glaub' lediglich", kicherte Igerl, „daß ma aus drei Pfund Rindfleisch a guate Suppn macha konn." Der

Spruch stammte leider nicht von ihm, er hatte ihn einmal bei Sigi Sommer gelesen.
„Aber die Parapsychologie ist eine ernstzunehmende Wissenschaft. Da gibt's sogar Professoren, de wo des erforschen. Der Professor Bender in Freiburg zum Beispiel. Des konn ma net so übern Tisch fegn. Also, i bin überzeugt, daß' was auf sich hat: ‚Es gibt viele Dinge zwischen Himmel und Erde'", begann sie mit angehobener Zitatenstimme.
Igerl, der gerade ausgeschiedene Karteikarten alphabetisch ordnete, wollte kein längeres parapsychologisches Gespräch mehr führen und sagte nur kurz: „Über des laßt sich durchaus streiten, aber das mit den Horoskopen is jedenfalls ein ausgesprochener Blödsinn. LesnS' doch amal de Sprüch', wo da jedn Tag in der Zeitung drinstehen: ‚Hüten Sie sich vor Krankheiten. Sie schaden Ihrer Gesundheit.' Oder am Wochenende: ‚Ein paar freie Stunden werden Ihnen Entspannung bringen.' Des woaß i aa a so, da brauch' i koan Astrologen. Des is alles so ähnlich wia des Dings bei de altn Ägypter, des Delphinische Orakel."
„Das Orakel von Delphi bei den Griechen meinenS' halt", verbesserte ihn die Gögelein. „Also, mir kann's ja gleich sein, Herr Igerl, bloß damitS' dann später nicht sagen, ich hätt's Ihnen sagen sollen: In Ihrem Horoskop steht, daß Sie sich heute vor unangenehmen Überraschungen in acht nehmen sollen."
„Is scho recht, i werd ma's merkn", beendete Igerl endgültig das Gespräch.
In dem Moment läutete das Telefon. Die Gögelein nahm ab. „Jawohl, der ist da, gleich, Herr Puttgereit. Für Sie, Herr Igerl", sagte sie und hielt die Sprech-

muschel zu. „Der Chef, i woaß aa net, was er von Ihnen möcht'. Hoffentlich is' nix Unangenehmes", meinte sie unheilschwanger. „Sie sollen glei zu ihm 'nüber."

Igerl trat den Gang gelassen an, denn was konnte schon groß los sein?
„Herr Igerl", begrüßte ihn Puttgereit aufgeregt. „Haben Sie schon die Kundenkarte Fischbacher aussortiert und entwertet?"
Auweh, durchfuhr es Igerl, das wäre ja schon letzte Woche fällig gewesen, er hatte aber etwas eigenwillig mit der Einordnung der neuen Kundenkarten begonnen. Oh jeggerl, die Gögelein sollte doch hoffentlich nicht recht behalten? „Nein, wissenS', Herr Puttgereit, ich habe mir gedacht ..."
„Sie haben also die Karte noch nicht ...? Gott sei Dank! Dann kann noch gar kein Schreiben an die Fischbacher gegangen sein. Wäre das peinlich gewesen! Mensch, jetzt haben Sie mir einen Stein vom Herzen genommen. Wie steht's übrigens, wollen Sie nicht doch noch einen Tag öfter in der Woche zu uns kommen? Wir könnten ja darüber reden, ob wir nicht ein paar Mark drauflegen. Wissen Sie, solche alten Routiniers wie Sie sind halt nicht zu ersetzen."
„Wia war's?" wollte hernach die Gögelein wissen. Igerl antwortete aber bloß mit einem „Nix von Bedeutung".

Dann kam die Mittagszeit. Wenn Igerl ganz ehrlich war, dann hatte er die Arbeit in seiner alten Firma nicht zuletzt deswegen wieder aufgenommen, weil er das Essen in der Kantine so vermißte. Vor acht Jahren hatte sie der ehemalige Wacker-Spieler Ade

Zeisig übernommen. Und seither war sie ein Juwel des Betriebs. „Besser kaannt ma dahoam aa net kochn“, pflegte Igerl immer wieder zu sagen. Was natürlich genaugenommen keine solche Auszeichnung war, weil sich Igerls Kochkenntnisse auf das Kochen von Eiern und das Warmmachen von Fertiggerichten beschränkten. Aber Igerl meinte es natürlich wirklich als Lob. Vor allem die Auswahl hatte es ihm angetan. Drei Essen standen zur Wahl. Und noch nie hatte es Igerl erlebt, daß nichts dabeigewesen wäre, was ihm nicht das Wasser im Mund hätte zusammenlaufen lassen. Meistens war das Problem sogar, daß er sich nur schwer zwischen den Angeboten entscheiden konnte. Ui, heut gab's sogar was ganz Besonderes: Cordon bleu.

Das war immer ein Höhepunkt für die Kantine. Recht viel besser konnte es auch kein Viersternekoch machen. Igerl schnalzte voller Vorfreude mit der Zunge.

Und dann erlebte er etwas, was es beim Zeisig noch nie gegeben hatte: Bis er an der Reihe war, war das Cordon bleu aus. Jetzt merkte er erst, daß ausgerechnet heute die anderen Gerichte nichts für ihn waren. Nierenbraten und Kaiserschmarrn. Damit konnte man ihn jagen.

Also so was, etwas ist vielleicht doch dran mit dem Pech heute – so dachte er, als er neben der Gögelein, die ihm das letzte Cordon bleu vor der Nase weggeschnappt hatte, saß und mit wenig Appetit den kalten Leberkäs verspeiste, den er noch aufgetrieben hatte.

Eine Stunde nach dem Mittagessen kramte die Gögelein in ihrer Handtasche nach dem Melissengeist. „I

woaß gar net, was i heut hab', das Essen hat mir, glaub' i, gar net recht guat do."
Kurz darauf kam vom Nachbarbüro die Frau Zietsche herüber, die erzählte, daß ihr das Cordon bleu offensichtlich nicht so recht bekommen sei, und dem Herrn Silbernagel sei's auch gar nicht recht gut.
Igerl nahm erstaunt zur Kenntnis, daß in der so glorreichen Geschichte der Kantine zum erstenmal etwas vorgekommen sein mußte, dem er gerade noch ausgekommen war. Die Gögelein ging jedenfalls eine Stunde später kreidebleich zum Arzt. Bin i froh, dachte er, daß' mich nicht derwischt hat, ausgerechnet, wo mir doch für heut abend der Pfanzelt Maxe Karten für das Europapokalspiel des FC Bayern besorgen wollte. Er freute sich nämlich schon riesig darauf, noch dazu, wo heut so ein schöner Sonnentag war. An einem lauen Sommerabend ist immer eine ganz besondere Stimmung im Olympiastadion.
Um vier Uhr rief der Maxe im Büro an und erklärte dem Alfons zerknirscht, daß er keine Karte mehr bekommen habe. Der Hauer Kurt, der einmal bei den Bayern-Amateuren gespielt hatte, hatte ihm die Karten ganz fest versprochen, aber der sei halt auch nicht mehr das, was er einmal war. Igerl war enttäuscht. Ausgerechnet heute, wo es geheißen hatte, daß das Fernsehen bloß eine Zusammenfassung übertragen werde. Sollte die Gögelein also doch recht haben? Aus Enttäuschung machte er auch nicht den geplanten Spaziergang entlang der Isar, sondern fuhr gleich heim. Das war sein Glück, denn kaum war er zu Hause, ging ein Regenschauer nieder, der ihn todsicher im Freien erwischt hätte. So aber konnte er gerade noch die

Fenster schließen, die sonst auch noch offengestanden wären. Eine Katastrophe wäre das geworden, wo er doch ausgerechnet heute seine Briefmarken zum Einordnen in der Nähe des Fensters hatte liegenlassen.
Der Regenschauer wurde zu einem Dauerregen. Es regnete auch um acht noch Schusterbuben. Mitleidig dachte Igerl an die Zuschauer im Olympiastadion. Das wäre was geworden, wo doch der Pfanzelt Maxe bloß eine Karte auf der nicht überdachten Stehtribüne gekauft hätte! Igerl schaltete den Fernseher ein. Ja, des gibt's doch nicht! Da übertrugen die jetzt doch das ganze Spiel!
1:2 hatten die Bayern das Hinspiel verloren. Ein 1:0 würde ihnen also schon reichen, wegen des Auswärtstores. Igerl genoß, im trockenen Wohnzimmer sitzend, während es im Olympiastadion goß, das Spiel.
2:0 führten die Bayern zehn Minuten vor Schluß. Da wagte der Verteidiger der Gegner einen Alleingang. Es stand nur mehr 2:1. Verlängerung. Ausgerechnet verletzt sich da der Hamann. Ja um Gottes willen, wer soll denn da noch Tore schießen? Der Hamann kommt wieder. Oh mei, jammert Igerl vor sich hin, der verletzt sich doch sowieso gleich wieder! Sollte die Gögelein mit ihrem Horoskop jetzt am Ende ...?
In der letzten Minute fällt der Siegestreffer für Bayern. Torschütze Hamann. Erschöpft, aber glücklich legt sich Alfons Igerl in sein Bett. Da läßt er noch einmal den ganzen Tagesablauf vor sich abrollen. Von wegen unangenehme Überraschungen! „Da sieht ma's halt wieder, daß das ganze Zeugs mit dene Horoskope ein ausgewachsener Schwindel ist", meint er. „Bloß guat, daß i net im geringsten an so an Schmarrn glaub'."

Es stimmte schon, was die Ihle Hannelore, seine Base, die am 26.11. geboren war, immer sagte, daß die Schützen überhaupt nicht abergläubisch sind, dachte er und klopfte nebenbei aufs Holz der Bettkante: Toi, toi, toi.

Das Geburtstagsmenü

Angefangen hatte die Geschichte damit, daß Alfons Igerl eines Abends nach der traditionellen Donnerstags-Kegelrunde im Volkarteck bei seinem Beuscherl, das er fast immer dort zu schnabulieren pflegte, nach dem ersten Bissen innehielt, seine Nase etwas hochzog und sagte: „I woaß net recht." Als niemand seiner Kegelbrüder diese Gebärde zur Kenntnis nahm, probierte er nochmals und ganz bedächtig ein paar Löffel, setzte wieder ab, schob den Teller ein Stück zur Seite und fing erneut an: „Also, i woaß wirklich net."

Der Pfanzelt Maxe, der dasselbe Gericht bisher in Ruhe gelöffelt und wie immer mit ein paar Brotbröckerl versehen hatte, schaute nun doch auf: „Was woaßt net recht?"

„Is dir nix aufgfalln?" wollte Igerl von ihm wissen.

„Wo aufgfalln?"

„Ja, beim Beuscherl da."

„Was soll mir denn da aufgfalln sei?"

Igerl probierte wieder einen Löffel und wiederholte: „I woaß net, also i woaß wirklich net so recht."

Als der Pfanzelt Maxe weiteraß, schob Igerl ihm seinen Teller hin, mit der Aufforderung: „Da, probier amal!"

Der Maxe schaute kurz auf und meinte: „Wieso, i hab' doch selber oans." Aber er holte sich dann doch einen halben Löffel heraus und beendete die Kostprobe mit einem lapidaren: „Ja und?"

Igerl schüttelte den Kopf: „Mir schmeckt's heut jedenfalls net gscheit. Im übrigen hat die Küche im Volkarteck in der letzten Zeit wirklich nachglaßn."

„Ja, ja“, höhnte der Maxe, „jetzt werst dann glei mit dem Spruch komma, daß halt nix mehr wia frühra is. Wennst mi fragst, bist du einfach zu hoaklig worden.“
Vielleicht lag es an diesem Tag auch am Föhn, vielleicht auch an der vorher für beide nicht so erfolgreichen Kegelrunde, daß ein Wort das andere gab und der Pfanzelt Maxe am Schluß meinte: „Im übrigen daad i in puncto Essen an deiner Stell’ ganz staad sei, du konnst doch net amal Eier kocha, weilst moanst, je länger daß mas’ kocht, desto weicher werns’, ha, ha, ha.“

Igerl ging wortlos heim. Es gärte aber bei ihm weiter. „Wart no, dir werd i’s scho zoagn“, dachte er sich auf dem Nachhauseweg. Und da kam ihm plötzlich ein genialer Einfall.
Beim Stöbern im recht bescheidenen Nachlaß seiner jüngst verstorbenen Tante Walburga hatte er ein handgeschriebenes Kochbuch entdeckt. Die Erinnerung an die seltenen Einladungen bei der „Burgl-Tant“ war nicht zuletzt deshalb so eindrucksvoll, weil die Walburga eine ausgezeichnete Köchin gewesen war. Vor ihrer Verehelichung mit dem Onkel Josef hatte sie in der Küche von der Post zu Indersdorf gearbeitet und da ihre Künste erworben. Er, Alfons Igerl, der Neffe, hatte nun die Geheimnisse dieses „weiblichen Schuhbeck“ seiner Kindheit in Händen. Und er, der Blutsverwandte dieser Viersternetante, sollte nicht einmal Eier weich- beziehungsweise hartkochen können? Wart no, Bürscherl, dachte er.
Zu Hause angekommen, machte er sich sofort an

die Lektüre dieses Schatzes. Ein bisserl schwierig war es zunächst schon, die teilweise sogar vergilbte Schrift zu entziffern, aber nach einiger Zeit hatte er sich eingelesen, und ihm lief bei der Auffrischung seiner Gourmet-Erinnerungen das Wasser im Mund zusammen.

So begann er zu suchen, um seinen Plan zu verwirklichen. Richtig, das da war die Delikatesse, die die Tante damals zu seiner Firmung gekocht hatte, der Onkel Josef war ja sein Firmpate gewesen. Mit dem Vorgeschmack im Munde schlief Igerl ein.

Bei der nächsten Kegelrunde ließ er so nebenbei verlauten, daß er am nächsten Donnerstag anläßlich seines Geburtstags die Runde zu sich einladen wolle. Die Kegler blickten erstaunt. Es war zwar so üblich, daß der jeweilige Jubilar in der Woche seines Wiegenfestes eine Runde ausgab, aber eine Einladung, noch dazu bei Igerl zu Hause, das hatte es noch nie gegeben. „Und zum Essen gibt's aa was", fügte er mit fast feierlicher Stimme hinzu. Dem Pfanzelt Maxe lag schon ein „weichgekochtes Ei" auf der Zunge. Er zog es aber dann doch vor, nichts zu sagen und sich einfach überraschen zu lassen. Wahrscheinlich würde der Alfons halt eine Rein Leberkäs präsentieren. Der Metzger Pracher vorn am Eck liefert ja das Brat in Folien, und man braucht das Ganze lediglich vorher in den Ofen zu stellen. Gar nicht so schlecht, wenn der Igerl dazu auch noch die guten Brezen vom Bäcker Eberl besorgt, dachte er und schnalzte mit der Zunge.

Der Donnerstag kam näher. Igerl hatte schon angekündigt, daß er nicht zum Kegeln kommen werde. Er müsse noch etwas erledigen. „Aber danach sehng ma uns ja bei mir! Gell."

Zunächst hatte er ja die nötigen Zutaten schon am Mittwoch besorgen wollen. Aber da kam ihm der Besuch von seinem Vetter Eugen dazwischen, der gleich in der Früh geschäftlich in München zu tun gehabt hatte und den ganzen Tag bei ihm zubrachte. Aber ein ganzer Tag müßte ja leicht reichen.

Nach eingehender Lektüre des ausgewählten Menüs entschloß sich Igerl, doch nicht wie vorgesehen vier Gänge vorzubereiten. Als erstes strich er die Nachspeise, weil doch der Zwick Alois Zucker hat und dies dann peinlich wäre. Zur Streichung der Vorspeise wurde er gezwungen, als er beim ganz genauen Lesen feststellen mußte, daß ausgerechnet die wichtigste Mengenangabe unleserlich war. Aber es blieben ja immer noch die unvergleichliche Leberknödelsuppe und das herrliche Hauptgericht, die Rindsrouladen mit Salat.

Man erspare mir die lange Schilderung der Zubereitung, die der Igerl jetzt in Angriff nahm. Niemand, der den Alfons Igerl kannte, hätte ihm eine solche plötzliche Liebe zur Kochkunst und eine solche Sorgfalt zugetraut.

Er wog alles aufs genaueste mit der besten Waage, die es gab – er hatte sie sich vorher bei seiner Nichte Gaby besorgt, die in der Marien-Apotheke arbeitet –, und berechnete die Mengen exakt auf die Zahl seiner Kegelbrüder. Besondere Liebe verwendete er auf die Zubereitung der Leberknödel, die geradezu ein Aushängeschild der Tante Walburga gewesen waren. Richtig,

da fiel ihm ein, daß die Tante immer eine ganz besondere Majoranmischung verwendet hatte, die sie, wie sie mit Stolz erzählte, nirgends so bekäme wie beim Pföderl am Viktualienmarkt.
Den Pföderl gab es noch immer, und so fuhr Igerl sogar eigens noch schnell hin und besorgte das Tüpferl aufs i, die Spezialmischung.
Alles lief bestens, nur mit dem Zeitplan klappte es nicht ganz. Und als die Uhr schon weit vorgerückt war, fiel ihm ein, daß er den Kartoffelsalat ganz vergessen hatte. Jetzt noch Kartoffeln kochen! Das war ein Ding der Unmöglichkeit. In seiner Verzweiflung rief er schnell im Volkarteck an, wo man ihm dann auch eine Schüssel von dem Gewünschten lieferte. Jetzt konnte nichts mehr schiefgehen.

Pünktlich läuteten die Kegelbrüder. Der Maxe brachte wie jedes Jahr seinen Spezialspruch an: „Alles Guate zum Geburtstag, alte Wurschthaut. I wünsch' dir halt, daßd' so alt werst, wiast scho ausschaugst, ha, ha, ha."
Und der Toni sang mit Gießkannenstimme nach der Melodie von „Wer das Scheiden hat erfunden" das von ihm selbst gedichtete Lied:

„Ein jeder Mensch hat mal Geburtstag,
doch leider einmal nur im Jahr.
Hätt' er ihn zweimal oder dreimal,
so wär' dieses sonderbar."

Dann ging's zu Tisch. Eigentlich hätte Igerl es ja wissen müssen: Der Schorsch sagte sein obligatorisches: „Mei, hab' i heut an Brand". Und so trank man zuerst einmal eine Halbe, nochmals auf das Wohl des Alfons. Und der Toni gab auch noch die zweite Strophe zum besten:

„Ein jeder Mensch hat mal Geburtstag,
sogar im fernen Indien.
Doch brauchen wir so weit nicht gehen,
auch hier kann man ihn findien."

Dann erzählte der Maxe ganz beiläufig, daß er am Mittag in der Stadt den Weinberger Franz getroffen habe, der den Alfons auch grüßen lasse und ihm alles Gute wünsche. Sie seien dann zum Essen in die Hundskugel gegangen und hätten das Menü genommen. „Sehr gut und preiswert, muß ich sagen. Bloß de Leberknödelsuppn. Da wenn i drandenk'. I mag ja Leberknödelsuppn an sich sehr gern, aber de ham da so a Majoranzeugs neido. Und mit Majoran kann ma mi jagn."

Alfons Igerl servierte den ersten Gang, die Suppe ohne Leberknödel. Ein wenig leer schmeckte sie schon. Aber der munter ratschenden Kegelrunde kam das offensichtlich gar nicht zum Bewußtsein. Unter der Suppe sang der Toni noch die dritte Strophe seines bisherigen, nicht sehr fruchtbaren dichterischen Schaffens:

„Ein jeder Mensch hat mal Geburtstag.
doch ist vorbei zu schnell er gar.
Und bis man dann den nächsten feiert,
das dauert meistens dann ein Jahr."

Dann kam das Hauptgericht. Mit wieviel Liebe hatte es der Alfons gekocht! Immer wieder abgeschmeckt hatte er es, nochmals ein Stäuberl von diesem und jenem Gewürz zugegeben, bis er zufrieden war und sich im Geiste auf die Schulter schlagend bescheinigte, ein würdiger Neffe der Tante Walburga zu sein.
Aber was geschah jetzt? Die Kegelrunde ratschte und ratschte. Der Maxe hatte mit seiner Bemerkung, daß er in der Hundskugel war, in ein Wespennest gestochen. Jeder bemühte sich jetzt, seine Eß-Geheimtips zum besten zu geben.
„Also, in der Näh' von Erding, da wohnt ein Baserl mütterlicherseits in Kirchasch, da ißt man no ..."
„Aber net so guat wia in Igling. De Schnitzel hängan übers Teller 'nunter. Net glogn. Und da stimman fei de Preise no ..."
„Wer a Wild mag, am jeden des seine is' ja net, aber da woaß i in der Nähe von Etterschlag ..."
Und so ging's weiter, bis der letzte Bissen von der Rindsroulade aufgegessen war. Der Abend verlief noch recht harmonisch. Auch ein zünftiger Schafkopf ging natürlich her. Und als es dann ans Pfüa-Gott-Sagen ging, trug der Toni noch eine vierte Strophe seines Geburtstagsliedes vor, eine Welturaufführung, denn er hatte sie während des Abends getextet:

„Ein jeder Mensch hat mal Geburtstag,
doch ist es ganz besonders fein,
wenn man zu Lebzeiten noch feiert,
dann kann man selbst dabei noch sein."

Ganz zum Schluß machte der Pfanzelt Maxe dem Igerl sogar noch ein ganz besonderes Kompliment: „Schee war's bei dir heut, Alfons. Und oans muaß i dir sagn: An solchan guatn Kartoffelsalat wia den dein' hab' i scho lang nimmer g'essn. Kompliment, Alfons, Kompliment!"

Der Skiausflug

„Entsetzlich", murmelte Alfons Igerl, als er kurz vor Weihnachten einen kleinen Gang durch die Münchener Innenstadt machte. „Bei der Hetzerei und Drängerei z'wengs dem Weihnachtsgeschenkerkauf könnt' einem gleich ganz anders werdn. I bin überzeugt, daß das heilige Paar, wenn's des erlebn daad, auch die Flucht nach Ägypten antreten daad, aber net vorm Herodes, sondern vor Weihnachten", grantelte er weiter.

Dabei hatte er sich so gefreut, als heute am Spätnachmittag die ersten Flocken gefallen waren und er sich wieder einmal in seine Kindheit zurückgeträumt hatte. Er hatte zurückgedacht an seine ersten Schneeballschlachten, an den kleinen Hügel in der Lacherschmidtwiese, wo sie auf dem Hosenboden heruntergerutscht waren, wo sie die ersten Schneemänner gebaut hatten, und auch daran, wie sie der Schmalzl Mausi immer einen Schneeball in den Kragen gesteckt hatten, bis sich dann ihr älterer Bruder rächte und sie fürchterlich einrieb. Und dann fiel dem Alfons ein, wie er damals seine ersten Brettln zum Christkindl bekommen hatte. Einen Freudenschrei hat er damals ausgestoßen, als sie unter dem Christbaum lagen. Er sah sie noch ganz genau vor sich mit ihrer „Riemerlbindung". Wenn er da an eine moderne Skiausrüstung von heutzutage dachte! Bestimmt hatte er aber mit diesen vorsintflutlichen Exemplaren, die ihm das Christkindl geschenkt hatte und wo er die Riemen noch selber verstellen mußte, weil das damals noch

nicht der Skiservice vom Sporthaus besorgte, genausoviel Spaß wie die Kinder heute mit ihren Superplastikskiern! Als er sie seinerzeit einweihte, hatte er in den Ferien den Onkel Hans in Eschenlohe besuchen dürfen. Auch wenn es ihn – wie er noch genau wußte – ein paarmal so geschmissen hatte, daß er beinahe am nächsten Tag auf das Tauschangebot des immer schon schlauen Pfanzelt Maxe eingegangen wäre. Der hatte sie ihm nämlich à la Hans im Glück gegen einen geflickten Autoreifen umtauschen wollen, den er in den buntesten Farben als das Nonplusultra für alle möglichen Gelegenheiten anpries.
Durch den Rempler eines vorbeihastenden und weihnachtspaketvollbepackten Passanten wurde der Alfons jäh aus seinen nostalgischen Träumereien gerissen. Kopfschüttelnd beendete er seine vorweihnachtliche Exkursion in die Innenstadt und quetschte sich in eine vollbesetzte U-Bahn. „Oh mei“, murmelte er dann daheim noch beim Einschlafen, „was ist bloß aus unserem gemütlichen München geworden? Eine Massenstadt!“ Große Menschenansammlungen und Massenkundgebungen waren für den Alfons immer etwas Entsetzliches gewesen. Trotz aller Liebe zur Gleichheit der Menschen lehnte er nämlich den Gleichschritt ab, weil der meistens in die verkehrte Richtung geht. „Obwohl“, murmelte er einschlafend, „jeder von uns doch eigentlich eine Einzelanfertigung wäre, sind wir immer mehr zum Massenartikel geworden. Je mehra desselbe tun, desto weniger tun’s eigentlich“, überlegte er. Und er beschloß, mehr denn je ein Individualist zu bleiben, der wenigstens seine Zeit noch eigenhändig totschlägt. Und so reifte in den letz-

ten Sekunden seines Wachseins an diesem Abend der Plan, wieder einmal seine Brettln aus dem Speicher zu holen und am Wochenende in die Bergeseinsamkeit zum Skifahren zu entfliehen.

Gesagt – getan. Bei seinem vorweihnachtlichen Stadtbummel hatte er zufällig etwas von einem Skiausflug auf die Zugspitze gelesen. Er fuhr am nächsten Tag gleich zu der angegebenen Adresse und meldete sich an. Am Samstag war es dann soweit. Der Bus ging vom Stiglmaierplatz ab. Obwohl Igerl rechtzeitig eine halbe Stunde vor der Abfahrt da war, war kein einziger Sitzplatz mehr frei. Er mußte sich auf einen Notsitz pressen, wo er nur mit einer Hälfte seines Hinterteils Platz fand. Dieses Martyrium wurde ihm nur erträglich in der Vorfreude auf das nun zu erwartende Naturerlebnis. Dieses ließ aber noch einige Zeit auf sich warten, denn als sie nach mehrstündigem Stau auf der Autobahn in der Nähe des Zielortes angelangt waren, waren die Parkplätze bereits so voll besetzt, daß der Busfahrer umdisponierte und ein etwas entfernteres Skigebiet ansteuerte. Aber auch da gelang es ihm erst nach längeren Verhandlungen und allen möglichen Tricks, noch einen Abstellplatz für sein Fahrzeug zu bekommen.
Dann endlich ging's los. Die Naturfreunde des Igerl-Busses ergossen sich ebenso wie die der Nachbarfahrzeuge aus allen möglichen Landesteilen auf einen Weg, der zum Skilift führte. „Der ist bequem in ein paar Minuten zu erreichen", hatte ihnen der Fahrer zugerufen. Daraus wurde aber nichts, denn auf dem Weg drängte und schob man, daß es eine wahre Freude war.

Endlich war das Ziel erreicht. Der Alfons stellte sich eine Dreiviertelstunde an und erwarb sich einen Tagesskipaß, der ihm als besonders preiswert empfohlen worden war, weil er da so oft, wie er wollte, mit dem Lift fahren könne.

Damit er aber nur ein paarmal hätte fahren können, hätte der Tag mindestens fünfzig Stunden haben müssen, denn vor dem Sessellift stand eine kilometerlange Schlange. Nach einer Stunde Wartezeit konnte er aber dann doch einen Liftsessel ergattern und ließ sich auf den Sattel der sogenannten „Abfahrt" hinaufbefördern. Ja, es war wirklich nur eine sogenannte Abfahrt, denn über die Piste quoll eine unendliche Masse von Skifreunden. Da war außer ein paar Rutscherern nichts drin. So entschloß sich der Alfons nach relativ kurzer Zeit, weil ihn inzwischen ein Mordskohldampf und ein riesiger Durst plagten, dem Richtungsanzeiger „Enzianhütte" zu folgen, wo er sich in der Rückerinnerung an verflossene Jugendjahre ein Skiwasser und eine zünftige Brotzeit genehmigen wollte.

Die Enzianhütte war aber vor einigen Jahren im Stile eines der modernen Fast-food-Lokale umgebaut worden. Statt der erwarteten zünftigen Brotzeit gab es als Einheitsschmaus „Gamsspitz-Burger", und das Skiwasser, das wohl seit neuestem „Energizer" hieß, konnte man von einem Automaten aus in ein Glas laufen lassen. Freilich war es eigentlich auch kein Schnellrestaurant, denn auch in diesem Raum herrschte größte Platznot, und Igerl mußte zunächst einmal eine halbe Stunde warten, ehe er sich zusammen mit ein paar anderen Naturfreunden an einen von seinen Vor-

gängern völlig verdreckten Plastiktisch quetschen konnte. Als er dann -- und das war das einzig „Schnelle“ in diesem Restaurant – seinen „Burger“ mit Hilfe des „Energizers“ in Windeseile hinuntergeschwappt hatte, weil die nächsten Hüttenbesucher schon an seinem Stuhl warteten, kriegte er beim Blick auf die Uhr fast einen Herzkasperl. „Um Himmels willen“, stellte er fest, „es ist ja schon viere.“ Um 16.45 Uhr war aber schon die Abfahrt des Busses angesetzt. Igerl lud seine Brettl auf den Buckel und drängte sich, so schnell er nur konnte, in der ebenfalls zur Bushaltestelle brodelnden Rückflutbewegung weiter. In der letzten Minute erreichte er schwer atmend sein Ziel. Es hätte aber gar nicht so pressiert, denn der Busfahrer hatte, weil er ja unvorschriftsmäßig geparkt hatte, seinen Platz räumen müssen. Igerl mußte sich also in der Reihe der Wartenden noch ein gutes Stünderl die Beine in den Bauch stehen, bis der Fahrer endlich -- über die Rücksichtslosigkeit seiner Kollegen schimpfend – daherkam. Dieses Mal war der Notsitz allerdings auch belegt. Und als dann der Bus nach einer Fahrzeit von mehreren Stunden aufgrund diverser Staus und einer kleinen Imbißpause in einem wiederum völlig überfüllten Lokal, mit dem das Busunternehmen irgendwie vertraglich in Verbindung stand, gegen neun Uhr abends zurückkehrte, machte Igerl noch einen kurzen Abstecher zu seinem Stammtisch ins Volkarteck, wo seine Spezln ihn schon mit Hallo begrüßten.
„Und, wie war's, du alter Pistenstier?“ frotzelte ihn der Pfanzelt-Maxe. „Hast dich jetzt für die nächste Winterolympiade im Abfahrtslauf qualifiziert?“
„Jaja, is schon recht“, murmelte der Alfons. „So wie

früher geht's natürlich nimmer, aber das Allerwichtigste am Tag war für mich als Naturliebhaber und Individualisten, daß ich endlich einmal rauskommen bin aus dem Gewurle von unserer Großstadt."

Die Weihnachtsfeier im „Vital-Club“

„Verfasser eines bekannten Buches über einen Münchner Rentner, sechs Buchstaben.“ Alfons Igerl grübelte schon geraume Zeit über dem Kreuzworträtsel der „Bayerischen Heimatpost“. Der zweite Buchstabe war ein „O“. Dann konnte es eigentlich nur der Sigi Sommer sein. Aber da war ja noch der Buchstabe „L“ am Ende dieses mysteriösen Namens. Das war sicher, denn der Vorname des deutschen Rekordfußballnationalspielers ist doch eindeutig Lothar und nicht Richard oder Rudolf. „Vielleicht hat ein Chinese das Kreuzworträtsel gemacht“, lachte der Alfons in sich hinein. „Die bringen doch das ‚R‘ und das ‚L‘ ständig durcheinander.“ Der Alfons ging noch einmal im Geist die Namen all derer durch, die diese Rentnergeschichten geschrieben haben könnten: Herbert Schneider, Franz Ringseis, Kurt Wilhelm, oder könnte es der Manfred Bacher sein? Der hat doch die netten „Onkel-Peppi-Geschichten“ geschrieben. Aber auch mit dem Bacher ging's sich nicht aus, da war ja wieder dieses blöde „L“ am Schluß. „Wenn ich nur den Anfangsbuchstaben hätte. Was war denn 14 senkrecht? Ein Name mit fünf Buchstaben, ‚Hersteller des Bayerischen Haussegens‘ – wie hieß der Mensch bloß? – Das ist doch der Erich Klotz“, überlegte Igerl. Der gesuchte Schriftsteller begann also mit einem „Z“. Aha, und jetzt dämmerte es dem Alfons. Er erinnerte sich, daß er bei einer entfernten älteren Verwandten, der Manzenrieder Lilo, einmal ein altes, verstaubtes Gedichtbändchen gefunden hatte mit dem Titel „Geh weiter,

Zeit, bleib steh!“ Zöttl oder so ähnlich hatte dieser Mensch geheißen. Ja, da war ja noch 12 senkrecht: „Deutsche Lichtgestalt aus Bayern – Vorname“, stand dort. Lichtgestalt? Ein Politiker würde das wohl nicht sein, dachte sich der Alfons. Ihm fiel als erstes unser großer Schauspieler Gustl Bayrhammer ein, aber das ging sich mit den Buchstaben wieder nicht aus. Der letzte Buchstabe war ein „Z“. Ach ja, richtig, der Beckenbauer Franz. Klarer Fall doch. Jetzt hatte er also noch ein „F“ als vorletzten Buchstaben herausgefunden. Und dunkel erinnerte er sich jetzt, daß dieser Mensch „Zöpfl“ geheißen hatte.
So, jetzt war das Kreuzworträtsel fertig. Emsig suchte sich der Alfons das Lösungswort zusammen. Der Name eines bekannten bayerischen Zauberers war gefragt. „Der Copperfield kann des ja net guat sein“, überlegte sich der Alfons kichernd, „es sei denn, er heiratet statt der Claudia Schiffer de Schönheitskönigin von Schneizlreuth und wurat eingemeindet.“ Der Alfons stellte die Buchstaben zusammen. Klarer Fall: der Peps Zoller war's natürlich. Das hätte er aber auch ohne langwieriges Kreuzworträtsel wissen müssen.
Jetzt erst schaute sich der Alfons die genaueren Bedingungen für dieses Preisrätsel an. „Schicken Sie das Lösungswort“, stand da, „an die Redaktion der Bayerischen Heimatpost. Der erste Preis ist ein Traumurlaub.“ Igerl zögerte lange, ob er sich die Arbeit des Zuschickens und die Kosten des Frankierens auftun sollte, denn bei Losen, Lotto oder dergleichen war der Alfons ein ausgesprochener Pechvogel. Er konnte sich eigentlich nicht erinnern, daß er jemals bei irgendeiner Verlosung etwas gewonnen hätte.

Schließlich entschloß er sich aber doch, nachdem man bei ihm wirklich schon seit längerer Zeit nicht mehr von einem Glück in der Liebe sprechen konnte, sein Glück im Spiel zu versuchen, und schickte das Lösungswort „Peps Zoller“ ab.

Das war Ende November gewesen. Vierzehn Tage vor Weihnachten bekam er die Mitteilung der Redaktion, daß er den ersten Preis gewonnen habe. Eine Weihnachtstraumreise in den Vital-Club auf Lanzarote.

Zunächst konnte es der Alfons gar nicht glauben, daß er etwas gewonnen hatte. Dann stieß er einen Juchzer aus und hüpfte auf einem Bein durch seine Wohnung, wobei er das Lied sang: „Gwonna hamma, gwonna hamma, hei, hei, hei!“ Sie hatten es damals immer auf der Altersheimwiese gesungen, wenn sie gegen die Mannschaft aus der Riesserseestraße einen Sieg erfochten hatten. Offensichtlich löste sein Freudentanz einen ziemlichen Lärm aus, denn kurz darauf klopfte die unter ihm wohnende, bissige Zenta Schreivogel mit einem Besenstiel an den Plafond.

Nach einiger Zeit wurde die Begeisterung des Alfons aber von einer gewissen Skepsis abgelöst. Ein Weihnachtsurlaub und auf Lanzarote? „Ja, wo is denn des überhaupts?“ murmelte er. Er holte sich seinen alten Schulatlas, den er noch immer zu Hause hatte, heraus und wurde nach einiger Zeit des Suchens fündig. Aha, eine der „Kanarischen Inseln“. „Ja, mi hast ghaut“, brummelte er. „Was tu’ denn ich auf Weihnachten irgendwo im fernen Süden? Was werdn denn die für ein Wetter da ham? Schneien tut’s bestimmt nicht. Na ja, des macht nix, bei uns hat's auch schon einige Zeit auf Weihnachten nicht mehr geschneit", überlegte er. „Aber, ausgerechnet auf Weihnachten …" Da würde er ja einiges verpassen. Der Alfons Igerl war zu Weihnachten noch nie von seiner Heimatstadt weggefahren.

Die Abreise war für den 20. Dezember angesagt. Na ja, den Kripperlmarkt bekäme er noch mit, und die Weihnachtsfeier vom Kleingartenverein „Flora" war ja schon am 17. Dezember. Aber auf die Christmette beim Pfarrer Hausladen in Sankt Thomas Morus müßte er wohl verzichten.

Sein Spezl, der Pfanzelt Maxe, antwortete auf seine Zweifel, ob er denn wirklich mitfahren solle, lediglich: „Ja, sag amal, spinnst denn du? Da waarst ja nimmer zu retten." So entschloß er sich schließlich doch zu einer Zusage.

Am 20. Dezember stand der Alfons tatsächlich am Flugschalter, und nach den üblichen Formalitäten des Eincheckens befand er sich in der Boeing, die ihn zu seinem Urlaubsziel brachte.

Am Flughafen empfing ihn eine junge Spanierin, die ein Schild „Vital-Club" in die Höhe hielt. Der Alfons nannte ihr seinen Namen, und sie begrüßte ihn mit einem freundlichen „Ah, Sie sind die Gewinner von die große Preis". Ein Kleinbus nahm den Alfons mit seinem Gepäck auf, und sie fuhren durch eine eigentlich recht triste Landschaft. Der Alfons hatte sich alles ganz anders vorgestellt.

Zwischendurch erzählte ihm die Empfangsdame, daß Lanzarote eine Vulkaninsel sei und nur eine

spärliche Vegetation aufzuweisen habe. „Ja, sagnS' amal“, meinte er zu ihr zwischendurch, „da is ja alles schwarz.“
„Vulkangestein“, meinte diese, „Vulkangestein“.
Nach einer halbstündigen Fahrt waren sie endlich am Ziel. Schon von weitem hatte der Alfons die Aufschrift „Vital-Club“ gelesen. Als er mit ein paar Mitreisenden ausstieg, empfing ihn ein lustiger Gesang von fünf jungen Leuten, die alle orange gekleidet waren und auf deren T-Shirts groß stand: „Vita-Vitallala“.
Der Alfons bekam zur Begrüßung in einem Sektglas eine rosa Flüssigkeit überreicht. Sie erinnerte ihn stark an die Himbeerlimonade, das Kracherl, das er in seiner Kindheit immer bei seiner Großmutter bekommen hatte. „Ist unsere Club-Coctail“, meinte die Reiseleiterin, die den schönen Namen Conchita trug.
Dem Alfons wurde ein Zimmer in einem Bungalow zugewiesen. Man servierte ein gut mundendes Abendessen, und mit einem „Schlaf gut, buenas noches“ wurde er verabschiedet. „Denk dran, daß wir hier alle ‚du‘ zueinander sagen“, rief ihm die Reiseleiterin noch zu. „Morgen beginnt eine harte Tag für dich!“ Der Alfons hielt das für einen Witz, denn er war ja zur Erholung hier, wie er bis dato noch glaubte.
Die harte Wirklichkeit erfuhr er am nächsten Tag in aller Früh, als er von einer lauten Musik geweckt wurde. „He, was is denn da los?“ schimpfte er vor sich hin. „Ham de da an Umzug?“ Durch den Lautsprecher kam die Mitteilung, daß jetzt gleich Frühstück sei und daß man sich anschließend, um 9.00 Uhr, an der Pool-Bar versammeln müsse.

Beim Frühstück merkte der Alfons, daß er offensichtlich die falsche Bekleidung mitgenommen hatte. Alle saßen nämlich im T-Shirt und in kurzen Hosen herum. Er hatte nur eine einzige Turnhose dabei und sein altes Vereinstrikot vom MTV 1879, wo er einmal vor Urzeiten Tischtennis gespielt hatte. Igerl errötete fast bei dem Gedanken, daß er sich sicherheitshalber sogar drei lange Unterhosen mitgenommen hatte, und schwor jetzt dem Pfanzelt Maxe Rache, der ihn grinsend bei der Kleiderauswahl für seinen Urlaub beraten hatte.

Nach Beendigung des Frühstücks trat der Alfons pflichtbewußt am Swimmingpool an. Dort stand ein athletischer Typ mit langen Haaren, der sich als „Alfonso" vorstellte, was dem Alfons natürlich sehr sympathisch war. Alfonso redete in relativ gutem Deutsch kurz auf die Versammelten ein und machte ihnen klar, welch sportliches Programm sie heute erwarte. „Für die Neuankömmlinge", sagte er, „muß ich noch eine Neueinteilung machen. Wer ist Neuankömmling?" Der Alfons hob brav seinen Finger, so wie er es in der Grundschule bei dem Fräulein Schrettenbrunner gelernt hatte. „Du, als einziger?" fragte Alfonso. „Gut, dann bekommst du für die nächsten Tage deine Plakette. Du bist ein Kamel", sagte er zu Alfons und überreichte ihm eine Kamelplakette.

Der Alfons wollte schon mit einer spitzen Bemerkung reagieren, als es ihm dämmerte, daß das irgendwie mit einer Sportgruppe zu tun haben könnte, in der er jetzt starten müsse. Er schaute sich um und entdeckte noch mehrere „Kamele", aber auch eine Reihe „Esel", „Dromedare" und „Papageien". Nach irgendeiner Musik

kam die Durchsage: „Kamele gegen Papageien, Dromedare gegen Esel im Volleyball. Die Sieger spielen gegen die Sieger."
Der Alfons hatte noch nie in seinem Leben Volleyball gespielt. Er wußte zwar aus diversen Fernsehsportstudios, daß das eine Art „Ball über die Schnur" war, wie sie es seinerzeit beim Lehrer Empfenzeder gespielt hatten. Bei einem richtigen Volleyballspiel aber hatte er noch nie mitgemacht. Dementsprechend fiel auch seine Premiere aus.
Nach dem Volleyballspiel ging es sofort weiter. Die Animateure marschierten mit ihren Mannschaften an den Swimmingpool. Dort bekamen sie „Schlafanzüge" in verschiedenen Farben überreicht. Die „Esel" bekamen einen grauen und die „Kamele" einen braunen. Nun veranstalteten sie eine Schwimmstaffel. Der Alfons war zwar im Sinne einer gewissen Gesundheitspflege jede Woche einmal im Müller-Volksbad und schwamm, bevor er ins Dampfbad ging, immer eine halbe Stunde im Becken auf und ab. Aber sein Schwimmstil war bestimmt nicht an den neuesten sportwissenschaftlichen Erkenntnissen orientiert. Es war so eine Art Zwischending zwischen „Hundstapperer" und Brustschwimmen. Bei der Staffel ging es nun darum, zunächst in der Badehose ins Wasser zu springen, eine Bahn zu schwimmen, am Ende dieser Bahn den Schlafanzug überzustreifen, wieder ins Wasser zu springen und zuletzt am Beckenrand anzuschlagen, um dem nächsten Startspringer den nicht vorhandenen Staffelstab weiterzugeben. Igerl stellte sich als letzter an. Ich habe vergessen zu sagen, daß die „Kamele" eine durchaus sportliche Schar von

Männern mittleren oder jüngeren Alters waren, die sofort mit Feuereifer ans Werk gingen. In null Komma nichts hatten sie einen Vorsprung von fast einer Bahn herausgeschwommen, und als der Alfons drankam, lagen sie schon fast zwei Bahnen vorne. „Wenn das bloß gutgeht", dachte er sich, als er mit einem „Baucherer" ins Wasser sprang – so, wie sie ihn als Buben immer gesprungen waren, obwohl doch am Schwimmbecken stand: „Seitliches Einspringen verboten!" Igerls Gegner auf Seiten der „Esel" und der „Dromedare" waren athletische Typen, die von ihren Mannschaften für den Schluß aufbehalten worden waren.

Nachdem er schon beträchtlich an Vorsprung eingebüßt hatte, kletterte der Alfons aus dem Wasser und versuchte sich den Schlafanzug überzustreifen. Auch da gebrach es ihm an Routine, denn der Alfons schlief ganz altmodisch jede Nacht in seinem Nachthemd.

Endlich war es soweit. Nach einem erneuten „Baucherer" mußte er feststellen, daß der Schlafanzug sich sofort mit Wasser füllte und ihn beträchtlich nach unten zog. Aber der Alfons gab alles her, was in seinen Kräften stand, wechselte sogar noch seinen Schwimmstil, indem er sich an die Bewegungen des Pfanzelt Maxe erinnerte, der im Volksbad immer eine Art „Seitenschwumm" schwamm, und rettete schließlich unter dem ohrenbetäubenden Geschrei seiner Mitkämpfer einen hauchdünnen Vorsprung bis ins Ziel. Anerkennend klopften ihm seine „Mitkamele" auf die Schulter. Einer – oder vielmehr eines – sagte sogar: „Respekt!", was den Alfons gewaltig aufbaute, denn seine Stammtischspezln hätten angesichts der kläglichen Schwimmvorstellung höchstens gesagt: „Gratuliere, daßd' net dasuffa bist.“

Hatte der Alfons nun gehofft, daß die sportliche Betätigung für dicsen Tag beendet wäre, so wurde er bitter enttäuscht. Der Animator ließ einen kurzen Pfiff aus einem Pfeiferl erschallen, wie es der Schwanghart Maxe, der beim FC Amicitia Schiedsrichter war, immer um den Hals trug. Dann verkündete er der versammelten Schar, wie es weitergehe. „Ihr habt nun zwei Stunden Zeit, da könnt ihr euch relaxen. Um zwölf Uhr ist Buffet, und um zwei Uhr sehen wir uns wieder.“ Alfons schaute auf die Uhr. Fünf vor zwölf! Er rannte auf seine „Bude“, trocknete sich kurz ab und zog sich seinen schönen Anzug an. Als er damit am Buffet erschien, erntete er nur erstaunte Blicke, denn die anderen waren alle locker-sportlich gekleidet gekommen. „Der Pfanzelt Maxe“, murmelte er vor sich hin, „kann was erleben.“ Denn der hatte ihm gesagt, daß man zu jedem Buffet einen Anzug tragen müsse.

Hatte der Alfons erwartet, nun eine zünftige Brotzeit vorzufinden, so wurde er bitter enttäuscht. Das Buffet war zwar prächtig aufgebaut, aber er sah eigentlich nichts, worauf er im Augenblick einen Gusto gehabt hätte. Er war zwar selbstverständlich nicht davon ausgegangen, daß er Weißwürste und eine Halbe Weißbier nebst süßem Hofbräukeller-Senf und knusprige Brezen vom Bäcker Eberl serviert bekäme, aber zumindest einen Leberkäs hatte er sich schon erwartet. Das Buffet jedoch bestand in erster Linie aus Schalen voller Körndl, Flocken und irgendwelchen Früchten, von denen er lediglich die Orangen, Äpfel und Melonen identifizieren konnte. Richtig, da hinten lagen auch noch Feigen und Datteln. Igerl hatte nichts gegen Früchte, aber zum Mittagessen? Brrr!

Da aber aufgrund der sportlichen Leistungen, die Igerl vollbracht hatte, oder vielmehr hatte erbringen müssen, sein Magen beträchtlich knurrte, entschloß er sich schließlich doch zu einem für seine Verhältnisse exotischen Menü, bei dem er in seiner Verzweiflung in eine Schale einfach Körndl, Nüsse, Flocken und Weinberln, Marmelade, Honig, Joghurt und „Quark“ – zu dem sagte der Alfons selbstverständlich immer noch „Topfen“ – gab und kräftig umrührte. Dazu holte er sich, weil ihn gewaltig dürstete, ein paar Glasl der angebotenen Fruchtsäfte, und da der Hunger bekanntlich der beste Koch ist, schmeckte ihm nach relativ kurzer Zeit der Mampf, den er sich bereitet hatte, gar nicht so schlecht. Später erzählte er dann seinen Stammtischspezln einmal bei einem Frühschoppen, als die anderen genüßlich ihre Weißwürste auszuzzelten, daß das doch eigentlich ungesund sei und man anregen solle, daß das „Volkarteck“ auch ein „Körndlbuffet“ bereitstellen solle. Was ihm allerdings ein dezentes Kopfschütteln beziehungsweise ein noch etwas undezenteres An-die-Schläfe-Tippen des Scherm Ade einbrachte.

Nach dem Buffet legte sich der Alfons erschöpft in seiner Bude aufs Ohr und hätte sicher den Rest des Tages schlafend verbracht, wenn ihn nicht der lautstarke Aufruf des Animators aus seinen Träumen geweckt hätte. Schuldbewußt kletterte er in seinen, nun schon leicht verschwitzten, Sportdreß und sah mit ge-

mischten Gefühlen dem weiteren Ablauf der Wettkämpfe entgegen.
Der nächste war ein Seilziehen, bei dem der Alfons aufgrund seines nicht unbeträchtlichen „Wamperls“ wenigstens einige Pluspunkte mit einbringen konnte. Er holte sich zwar ein paar große Blasen und Hautabschürfungen an den Händen, aber die Freude über den errungenen Sieg ließ ihn den leichten Schmerz vergessen.
Dem Sieg folgte dann allerdings ein größeres Debakel bei der Laufstaffel im tiefen Sand des Strandes. Zu allem Überfluß rutschte der Alfons dann auch noch kurz vor dem Ziel aus, verknackste sich seinen linken Knöchel und kam zwar tapfer hinkend, aber als abgeschlagener Letzter ins Ziel.
Inzwischen war es 16 Uhr geworden. Der Animator versammelte wieder seine Tiergruppen, gab den neuesten Punktestand bekannt, in welchem die „Kamele“ jetzt einen Punkt hinter den „Eseln“ an zweiter Stelle lagen, und meinte: „Die Entscheidung fällt abends beim abschließenden Wettbewerb. Jetzt habt ihr zwei Stunden zur persönlichen Verfügung.“ Die Sportler stoben leistungsbesessen in die verschiedensten Richtungen, nur der Alfons blieb unschlüssig stehen.
„Ja, was darf's sein?“ fragte ihn der Animator. „Wir haben eine Menge Wassersportangebote: Surfen, Ski, oder möchtest du vielleicht Squash spielen?“
Der Schreck fuhr dem Alfons in alle Glieder. Aber schlagfertig entgegnete er: „Ja, an sich würde ich alles gern machen, aber ich glaub', daß des jetzt grad' nicht geht.“ Und er zeigte auf seinen lädierten Knöchel.

Verständnisvoll nickte der Animateur. „Gut", sagte er, „dann komm mit. Kannst du Backgammon?"
„Ha?" fragte der Alfons zurück.
„Backgammon, das ist ein Brettspiel."
Der Alfons konnte zwar Mühle und „Mensch ärgere dich nicht", aber von diesem „Backgammon" hatte er noch nie etwas gehört.
„Gut", meinte der Animator, „wir haben heute einen Anfängerkurs." Ob er wollte oder nicht, bekam der Alfons seine erste „Backgammon-Lesson". Anschließend fand dann der Entscheidungswettkampf statt. Und da hüpfte das Herz des Alfons etwas höher, denn der letzte Wettbewerb wurde im „Bowling" ausgetragen. Der Alfons war ja ein passionierter Kegler, der jeden Donnerstagabend im „Volkarteck" mit seinen Stammtischspezln in die vollen zielte. Auch wenn das Bowling etwas andere Regeln hatte als das Kegeln, erwies sich der Alfons als ein echter Matador. So war es kein Wunder, daß die „Kamel-Staffel" erste wurde und damit als Tagessieger aus dem Wettkampf hervorging.
Nachdem der Alfons auf sein Zimmer gegangen war, sich geduscht und umgezogen hatte, kam der erfreulichste Teil des Abends, denn das Abendbuffet war fürwahr eine Augenweide. Der Alfons entdeckte eine Reihe Schmankerl, wie er sie zuletzt bei einem Empfang anläßlich des hundertjährigen Jubiläums seiner Firma „Gschwandtner & Co.", in der er früher gearbeitet hatte, genossen hatte. Keine Frage, daß der Alfons steinmüde ins Bett fiel und wie ein Ratz schlief. Vorher hatte er sich allerdings noch einen Umschlag auf seinen leicht angeschwollenen Knöchel gelegt.

Am nächsten Tag wurde er schon ziemlich früh wieder aus den Federn gejagt, als der Animator mit seiner „Flüstertüte" das Sportprogramm des Tages bekanntgab. Nachdem der Alfons am Körndlbuffet gefrühstückt hatte, mußte er, ob er wollte oder nicht, an den verschiedensten „Schnupperkursen", wie das so schön hieß, teilnehmen. Einer davon war das „Diving", das Tauchen. Igerls letzte Taucherfahrungen waren die, daß er am Deininger-Weiher als Schulbub von seinem bärenstarken Klassenkameraden, dem Wöhrmann Franze, getaucht worden war und, hustend und prustend und schon etwas rot im Gesicht aufgetaucht, dem Tauchsport ein für allemal entsagt hatte. Und nun wurde er nolens volens in einen Gummianzug gesteckt und bekam eine Art Sauerstoffflasche angeschnallt. Das „Schnuppern" fand im hauseigenen Swimmingpool statt. Der Tauchlehrer schwamm voran, und Igerl mußte eine ganz beträchtliche Zeit alle möglichen Gegenstände, die man in das Becken warf, vom Grund wieder heraufholen.

An Nachmittag war Surfen angesagt, aber als er zum wohl fünfzigsten Mal vom Brett abgerutscht und sein Bauch vom vielen Aufplatschen im Wasser schon knallrot war, entschuldigte er sich mit seinem geschwollenen Knöchel erneut.

„Nun gut", meinte der Animator, „da müssen wir halt ein anderes Programm aufstellen." Und er nahm den Alfons Igerl mit in den Trimmraum. Da blieb ihm nichts anderes übrig, als irgendwelche Kraftmaschinen, die er vorher lediglich aus Fernsehfilmen kannte, zu ziehen, zu drücken und zu pressen, daß es nur so eine Freude war. Zum „Refreshen" durfte er sich dann in ein türkisches Dampfbad setzen, was ihm natürlich auch vom Müller-Volksbad her schon vertraut war. Keine Frage, daß er am nächsten Tag mit einem beträchtlichen Muskelkater erwachte. Aber der Vormittag war diesmal wirklich zur freien Verfügung, und Igerl plätscherte ein paar Runden im Swimmingpool. Er glaubte feststellen zu können, daß sich sein Wamperl schon etwas reduziert hatte, und startete frohgemut in die weiteren sportlichen Aktivitäten. So lernte er bei der Gelegenheit auch noch squashen, machte sogar beim Stretching und bei der Wassergymnastik mit und besah sich zwischendurch ein paarmal wohlgefällig im großen Spiegel, der im Trimmraum angebracht war. Inzwischen hatte er sich auf Anraten des Animators auch einen Clubanzug besorgt, auf dem der Schlachtruf des Clubs geschrieben stand: „Vita-Vitallala".

Am 24. Dezember versammelten sich alle zur Vital-Weihnachtsfeier, die wie folgt ablief: Unter einem ohrenbetäubenden Lärm stürzten zehn als Nikoläuse verkleidete Sportler auf die Bühne und tanzten eine Art „Nikolausballett", bei dem sie wild mit den Ruten fuchtelten. Anschließend wuchteten sie Hanteln in die Höhe, die an beiden Enden mit Lebkuchen-Attrappen dekoriert waren. Darauf hüpften die weiblichen Animateure in hautengen Stretchinganzügen herein, mit Flügelein dekoriert und mit Gold- und Silberperücken auf dem Kopf. Sie faßten sich an den Händen und tanzten um zwei Christbäume herum, indem sie im Playbackverfahren das Lied sangen: „O Tannenbaum, wie grün sind deine Blätter". Bei den zwei Bäumen

handelte es sich aber keineswegs um Tannenbäume, sondern um zwei Pappeln, die an den Wipfeln weihnachtlich geschmückt waren.
Alfonso, der als eine Art „Supernikolaus“ verkleidet war, ging nun ans Mikrophon und rief den ersten Höhepunkt des Weihnachtsabends aus: „Wir kommen nun zu unserem weihnachtlichen Wettklettern. Die besten Kletterer des Clubs veranstalten eine Wettkletter-Staffel.“ Unter dem Absingen des Clubliedes „Vita-Vitallala“ marschierten die Athleten im Hirtenlook ein, machten ein paar Auflockerungsübungen und starteten dann ihre Staffel.
Als nächstes folgte ein Zielwettbewerb. Mit Bällen, die wie Christbaumkugeln aussahen, kämpften die zwei Mannschaften gegeneinander. Sieger wurde die Mannschaft, die die meisten Kugeln in eine Art Nikolausschuhe hineingeworfen hatte.
Daran schloß sich der „Auspustwettbewerb“. Zwei große Kränze voller Kerzen wurden hereingeschleppt, in entsprechendem Abstand vor den Mannschaften aufgestellt, und diese bemühten sich jetzt, aus der Entfernung von etwa 15 Metern die Kerzen auszublasen. Sieger war die Mannschaft, die mit ihrer Lungenkraft als erste alle Lichter auf ihrem Kranz ausgelöscht hatte.
Das nächste war das „Herbergssuch-Wettrennen“. In Windeseile wurde auf der Bühne eine Art Parcours aufgebaut, der über alle möglichen Hindernisse führte: Zum Beispiel mußte man über einen künstlichen Esel und einen Ochsen springen, dann über ein Wasserbecken, das den Namen „Jordan“ trug, ferner unter irgendwelchen Schaf-Attrappen durchrobben. Am Ende des Parcours gelangte man dann zu ein paar Häus-

chen. Aus denen mußte man die richtige „Herberge" herausfinden und, wenn man sie gefunden hatte, dem „Herbergsvater" das Lösungswort „Vita-Vitallala" ins Ohr flüstern.

Als nächstes wurden zwei überdimensionale Sterne, mit Schießscheiben versehen, auf die Bühne gebracht, auf die die Mannschaften mit kleinen Pfeilen, die als Kerzen „maskiert" waren, zielten.

Der anschließende Wettbewerb war das „Dreikönigs-Wrestling". Die Mannschaften mußten sich im freien Catch gegen die als Wachen des König Herodes verkleideten Tennis-, Surf- und Tauchanimateure „durchringen", um schließlich in den Stall zu gelangen.

Nach zwei Stunden standen die Sieger fest. Sie wurden von den Stretching-Engeln anstatt mit Lorbeerkränzen mit einer Art Adventskränzen, auf denen vier kleine Kerzen brannten, geehrt.

Der Animateur Alfonso trat nun wieder ans Mikrophon und verkündete, daß heute eine besondere Attraktion bevorstehe. Damit die Weihnachtsfeier etwas würdiger werde und nicht nur einem sportlichen Wettbewerb gleiche, habe man sich heuer entschlossen, eine Art Adventslesung vorzunehmen. „Durch einen glücklichen Zufall", sagte Alfonso, „habe ich bei einem kurzen Aufenthalt in München eine Kassette mit einer wunderschönen Weihnachtsgeschichte geschenkt bekommen. Lassen Sie sich überraschen!" Die Stretching-Engel traten wieder in Erscheinung und sangen zusammen mit den Nikoläusen und den Athleten, die noch immer als Hirten verkleidet waren, wiederum im Playbackverfahren das Lied „Es wird scho glei dumpa". Dann brachte man einen großen Lehnstuhl auf die Bühne sowie ein großes silbernes Buch. Der Alfonso erschien im Trachtenlook mit einem Gamsbarthut auf dem Kopf und begann seinen Mund zu bewegen.

Der Alfons hatte nun bei seinem kurzen Aufenthalt in dem Vital-Club schon einiges erlebt. Was aber jetzt folgte, verschlug ihm wirklich die Sprache. Aus dem Lautsprecher ertönte zu den Mundbewegungen des Alfonso die von ihm, Alfons Igerl, gelesene „Alt-Neuhauser Weihnacht", die er seinerzeit auf Anraten seines Stammtischspezls, des Werner Dasch, der ein kleines Tonstudio besaß, für seine Freunde aufgenommen hatte.

Nach dem brausenden Beifall wurde der Alfons auf die Bühne geholt und als Verfasser dieser schönen Geschichte vorgestellt. Er bekam von einem Stretching-Engel ebenfalls einen Adventskranz auf das Haupt gedrückt. Schließlich trat der Alfonso noch einmal ans Mikrophon und forderte alle Beteiligten und die Leute im Publikum auf, auf die Bühne zu kommen. Nun faßten sich alle an den Händen und durften im Playback das Lied „Stille Nacht, heilige Nacht" singen.

Der Alfons erlebte noch einige recht abwechslungsreiche, aber auch sehr sportliche Tage im Vital-Club. Man erspare mir die Schilderung des Silvesterabends, der ebenfalls ein Zwischending zwischen Mini-Olympiade und Playback-Show war.

Als der Alfons braungebrannt und mit beträchtlich geringerem Bauchumfang noch am Abend nach seinem Rückflug in der traditionellen Stammtisch-Kegelrunde erschien, wurde er von seinen Spezln mit lautem Gejohle begrüßt. „Gott sei Dank, daßd' wieder da bist", meinte der Pfanzelt Maxe. „Du werst di wundern, was heut noch auf di zukommt. Laß di nur überraschen, du Duselbruader. A solches Massel wia du möcht' ich amal habn."

Alfons schaute fragend. Der Maxe flüsterte seinen Stammtischspezln zu: „Nix verraten!" Zum Alfons sagte er: „Jetzt hock di erst amal her und verzähl!"

Das tat Alfons auch genüßlich. Als er gerade von der Vital-Weihnachtsfeier erzählte, kam der Wirt mit einem stattlichen Herrn an der Seite auf den Alfons zu und meinte: „Das ist unser Stammgast, der Herr Igerl." Der Herr nickte freundlich und reichte ihm seine Hand. „Gratuliere", sagte er.

Als der Alfons ihn erstaunt anschaute, erklärte ihm der Wirt: „Des is der Herr Direktor Albert Riedl vom Hofbräu. ErinnernS' Eahna noch, Herr Igerl, Sie ham doch bei dem Bierfuizl-Wettbewerb vom Hofbräu mitgmacht."

„Ja, freilich", meinte der Alfons. „Ich weiß schon noch, das Lösungswort war: ‚Münchner Kindl'."

„Richtig", nickte der Direktor Riedl, „und Sie, Herr Igerl, sind unter vielen, vielen tausend Einsendungen Sieger geworden."

„Des gibt's doch net", rief der Alfons überrascht aus.

„Doch, wenn ich's Ihnen sag'", meinte der Direktor. „Sie haben den ersten Preis gewonnen. Sie wissen doch sicher schon, was dieser ist."

„Naa, i müßt' lügn", stotterte der Alfons. „Wahrscheinlich a paar Tragl Freibier. Freunde", sagte er, „damit feiern ma gemeinsam."

„Nein", meinte der Direktor, „ein paar Tragl Freibier stift' ich noch dazu. Ihr Hauptpreis ist aber etwas ganz anderes. Nach der Rückkehr wird Ihnen das Freibier besonders gut schmecken. Ihr Hauptpreis ist auf Ostern ein vierzehntägiger Abenteuerurlaub mit einer Kamel-Karawane quer durch die Sahara."